越南星空下

寻找世界上另一个我

安思明　著

武汉出版社
WUHAN PUBLISHING HOUSE

（鄂）新登字 08 号

图书在版编目 (CIP) 数据

越南星空下：寻找世界上另一个我 / 安思明著. —武汉：武汉出版社，2012.12（2015.10 重印）

ISBN 978-7-5430-6830-8-01

Ⅰ. ①越…　Ⅱ. ①安…　Ⅲ. ①长篇小说－中国－当代　Ⅳ. ① I247.5

中国版本图书馆 CIP 数据核字（2012）第 258090 号

书名：越南星空下：寻找世界上另一个我

著　　者：安思明
本书策划：李异鸣　杨　肖
责任编辑：何小敏　解家麟
图片支持：那　磊
装帧设计：华夏视觉
出　　版：武汉出版社
社　　址：武汉市江汉区新华路 490 号　邮　　编：430015
电　　话：(027) 85606403　85600625
http: //www. whcbs. com　　E-mail：zbs@whcbs. com
印　　刷：北京市文林印务有限公司　　经　　销：新华书店
开　　本：787mm × 1092mm　1/32
印　　张：6.75　　字　　数：124 千字
版　　次：2012 年 12 月第 1 版　2015 年 10 月第 2 次印刷
定　　价：32.00 元

序言

若我没有逐字逐句读过的文字，我是不能为它写下什么的。

而此刻，我知道，我必须要为这本书写下点什么。因为，它带给我的内心触动比我自身理解的还要深入、细腻、真切。兴许是跟作者熟识的缘故，看到这部小说的第一眼，第一行字落入眼帘，我就能感知到文字所展露的气息，像盛夏大雨后清冽和芬芳。它将引领我走入作者的内心，一个熟悉又陌生的世界。

而我确定的是，它清静、广大依然。

他说。

此书献给天上的父亲。

——这一行字劈面而至。只此一语。我便能感受到那种难以言述的孤独和耿耿不灭的深情。

想必你我，都曾有过失去至亲的类似经历。

对专注于内在精神探索的人而言，生命中存在过的，那些血肉相连的人和事，无论他们身在何处，无论其事发生过多久，那些爱与伤害，都是难以磨灭的印记，只是有些沉淀入骨，有些轻扬如尘。

背负印记存在的我们，不尽然是满身尘罪的路人。在深重的无明背后，在每一次重压和挫折之后，都可能存在着蜕变和新生。《越南星空下》是一本这样的书：身居大都市的天熙，在遭遇了父亲意外离世的变故之后，精神长期陷于某种困顿，停滞不前。工作的喧嚣、劳碌，城市的繁华、富丽，都不能减灭他内心的困惑和忧伤。

在城市里，面容清瘦、形容峻拔的他，穿梭游离于各种不得不出现的场合，见证着种种世相。表面看来，他是优雅的，形容自得，处于上升期的人士。惟他自知，内心沉坠，若不直面生命的幻象，人生的残败，勘破这海市蜃楼的幻境，红尘万丈，他将变得碌碌如常，是人终将老去，默默丧失内心的锐感和气度。这亦是许多人的恐惧吧！许多人面对恐惧选择了麻木顺从。

然天熙不甘这样，心似莲花。怎堪就此零落成泥？是以终将独自归去，探察人生的真义。

故事开始于前往越南的旅行，文字带着作者特有的色彩、香气、形制。令人过目不忘。故事里的一幕一幕，画面感极强，犹如一部结构精巧、布局精密的电影，情调深远，情意悠长。

人生的状态，是在不断地闭合又打开的状态中交替呈现。我们终是不能忘却那些真实的赋予我们生命的人，那些真切的教会我们分辨爱、恨、悲、喜的事，是他们引领、救度我们，成长到今日，并走入新的境地。

我看见书中的天熙在困顿中折转，在辗转中步向觉悟，一边自赎，一边寻求救赎。许多的心境和情景都深堪回味，读来怅然若失。那一路走过的风景，许多是我曾经走过的地方。也许就在我们未识之前，已识之后，曾在不同的时候，走到过同一个地方，驻足、停留，发出情怀相似的喟叹。

他说。

"总是喜欢旅行，喜欢一个人旅行。当我站起身，向上仰望，一阵晕眩。满天的繁星，我已经很久不曾见过这么多的星星。只觉有种惊心动魄的美，是生命的壮美。那种美，远离尘嚣、壮怀激烈。常常想，也许我的前生是行脚的僧人，或者曾经被禁锢在某处。爱旅行的人，也是热爱孤单的人。"

行过江南夜色下小桥屋檐，看过塞北边城星空的清寒璀璨。肩头北方古城的风雪未融，眉目已染湄公河畔的炙日炎风。

这一路长行的收获，不在入眼风光变幻、景色无常，在于内心的跌宕、洗涤及丰富。在新颖的世界里发掘古老的意蕴，在混沌的世事中发现古老而又值得终生信奉的信仰，不再迷惘。

总会有人或事从岁月的指尖滑落，譬如天熙与父亲，譬如天熙和蓝。是那样爱恨交织地相待过。

必须要用力地告别过，勇敢地舍弃过，才能懂得一个浅显不过的道理："我们总是悲伤自身失去的，胜过欢喜自身拥有的。我们总是努力得到想要拥有的，却忘记珍惜我们已然拥有的。"

人不能不执著，亦不能太执著。

他说。

所有的离开，不管形式如何，都如空气。无色，无嗅，无声，无味，无触。只有剩下来的人，颠倒惊怖，流离失所。生、死、爱、恨、聚、散、离、别，是躲不过的世间咒语。

要如何，才能坦然接纳你的离开？要如何，才能做到即使远隔万里，永不再见亦能会心不语。懂得，你/我的离开都是爱。

——禅心妙喜，花开不语，是这样的释然及平和。

我看见，作者的心怀打开。他阅读过的书，经历过的事，都在心的指引下，指向一个共同的方向——抛却物质、探寻生命本真的生命观。生之行旅，究其本意仍是一场修行，最好的旅行是洞见繁华，在世界的某个转角处与熟悉的自己做陌生的会面。

无论以何种方式，对消亡和延续，对忆念和遗忘，对存在价值的叩问，对爱和生死这样宏大命题的探寻和思索，是永不止息的，而我所认可的生命的价值同在于此。

那一年，跋涉过的星空，是如此广大，清寒，静美。这世界依然如此荒芜、坚固、繁盛，而我渐渐，在苍凉中已有收获。你知道吗？是如此深爱着，我才能落笔写下这个故事。

它不够尽善尽美，一如我们的人生。

感恩你们存在于我的命中，相伴而行。

是为序，代为序。

献给天上的父亲

题记

人生如梦幻泡影，如露如电。
而我和你之间的距离，是如此遥远，
超越了此岸与彼岸。
没有过渡的桥梁，
就算是我用尽一生的思念，
再也无法到达你。

目录

CONTENTS

越南星空下

-1 越南旅程 001

-2 回忆岛屿 023

-3 河内之行 047

-4 城市边缘 071

-5 生生死死 093

-6 独行西贡 113

-7 梦幻泡影 133

CZ371-越南航空公司由北京飞往河内的航班。

越南旅程——1

在广州白云机场转机后，径直飞往河内。
机舱内温度适宜。

1 CZ371，越南航空公司由北京飞往河内的航班。

座号14A，恰是邻近窗口的位子。是一位年轻男子。苏格兰飞人牌子的格子衬衣。薄薄一层极短的头发，紧贴着头皮。泛出淡淡的青色。眼神明亮，表情极是淡然。他是天熙。28岁。持中国护照。单身。他申请了为期30天的私人旅行签证。前往越南，逗留数日，然后取道越南，去柬埔寨。只为看吴哥窟。

吴哥窟才是此次旅行的目的地。他的一位摄影师朋友是吴哥的常客。一年中总要在那里度过一段时间。每次都住距离吴哥不远处的同一家旅店。天熙看过他拍的一组组照片。是幽暗丛林，和丛林包围之中的庙宇和石柱。那些庙宇，或倾颓残败，或完好无损。远看时，层层叠叠，巍然耸立在天际线上。周身佛像花纹雕刻精美，衣冠饰物，线条描摹细腻。时光之逝，犹似沙漏。至此却静止凝滞，苍老岁月尘封。日光明照。即便是正午的热带阳光直晒，那些建筑依旧散发忧伤与诡谲气息。橘红衣袍的僧侣，偶尔出没其间。无论是黑白，还是彩色。照片都有着摄人魂魄的美感。甚至因为吴哥，天熙热衷于一部拍摄柬埔寨风物的电影。DOGORA。多格拉之歌。法国导演派提斯勒贡继《雪地里的情人》之后的作品。那是吴哥窟之外的柬埔寨。夕阳下的层层梯田，扬起红沙的乡间道路，河边嬉戏的稚气孩童，茂密层叠的水稻田，城市里戴着帽子上下班的女工，橡胶林的割橡胶工人，绵延的水岸与船屋。镜头过滤掉死亡，屠杀，与斑斑血痕。是另一个闪耀生命之光的柬埔寨。

2 飞机已然在空中飞行了五个半小时。

在广州白云机场转机后，径直飞往河内。机舱内温度适宜。多数人因不堪长途旅行的劳顿，躺在椅子上小憩或者熟睡。宽大的电子指示屏幕显示出一连串变化的绿色数字。地面温度。舱内温度和湿度。飞行速度和高度。经度和纬度。电子地图显示，飞机正行经南中国海一带。

座位旁的旅客依旧在睡觉。肤色黧黑。眼窝深陷。咖啡色长衬衫。混合一股淡淡的烟草和清凉油的味道。绝少讲话。刚上飞机时，曾经含混嘟哝什么，是断续不清的陌生语言。越南语，亦或是泰国语。天熙无心与他搭话，更无兴趣揣测他的由来及去向。

机翼折射一道刺目的银光。舷窗外是万里之上的高空。乱云堆叠，起伏缭绕，浩浩荡荡。波涛汹涌如大海，瞬间又变化莫测。不

取于相，如如不动。一切有为法，如梦幻泡影。如露亦如电。应作如是观。那些虚无缥缈的云朵，因呈现虚幻的美感而令人眩目。连同寥廓长天，苍茫一碧。令他心中忧伤。这种忧伤，却无法向外人道出。只在他心里淤塞，潜滋暗长，无可捅破。只如一粒沙在蚌的体内摩擦，反复分泌黏液，最终将沙粒层层包裹。天熙信手翻开手里的《金刚经》。尔所国土中所有众生。若干种心如来悉知。何以故。如来说诸心皆为非心。是名为心。所以者何。须菩提。过去心不可得。现在心不可得。未来心不可得。

心量广大，犹如虚空。过去。现在。未来。在时间和空间之外，是否尚有另一种绝对的存在。这是在父亲死后，一直困惑天熙的问题。譬如浮游之岛般的黑洞，存在于宇宙的深处。轮回。灵魂转世。世界的成坏住空，循环往复，亦复如是。对于生命，人们其实了解得并不多。各种形式的宗教皆言之凿凿指明生命的终极去向，在他看来，未免武断。但的确也曾帮他度过了生命中的最低谷期。有整整大半年的时间，夜晚来临，他无法安然入睡。内心绝望与巨大冲突无可释放。大量失眠，甚至开始掉头发。干脆通宵达旦阅读《圣经》。藏青色封面上是烫金的字体。薄薄的纸张，翻到最后，泛起了一层厚厚的毛边。

飞机穿越气流层，引发巨大颠簸。邻座的男子脸上显现惊惶之色，掏出脖子上挂的金质十字架。闭上眼睛，喃喃自语。天熙也紧紧把《金刚经》放在胸口处。如是几分钟，方平静下来。窗外是一片薄云。透过稀疏的云层，可以看到起伏的原野，呈现苍茫的绿色。山峦，沟壑，深谷，蜿蜒窄长的道路。是壮丽的自然图景。一直以来的习惯，喜欢坐靠窗口的位置。有人帮他做心理测试，推断其中缘由，得出结论是内心极度缺乏安全感。只是他的性格有时沉默似深海，已经习惯了将自己隐藏在诸多明朗假象的下面。他不置可否，一笑了之。并非是胸有城府，只是心底绝望如同深渊，不可目探，更无法轻易向人提及。

3此番旅行，亦只是为了排遣心中积聚长久的郁气。

重压之下，他全然无心上班。干脆辞掉了杂志社的工作，做起了freelancer。受邀每月为上海的一家杂志写专栏，撰写关乎阅读、电影和旅行主题的文字。同时为本埠几家时尚媒体担任撰稿人，访问包括成功的商界人士，获威尼斯电影节奖的导演，画作动辄卖到千万的当代艺术家，善于交际应酬的著名旅美小提琴家，以及其他社会各界名流及出名或无名的演艺行业人士。做独立撰稿人，时间掌控的自由度大。量入为出，收入亦尚可维持正常生活开支。他可以有更多的时间与自己相处。空闲时，一个人去美术馆看展览，看小剧场的话剧演出。在星巴克或者邦客要一杯咖啡，看书，发呆。在楼下的花园里跑步。不谙水性，却执意去健身房游泳，或者打乒乓球。

会走很远的路去一个有名的旧货市场，看那些明清家具，宋元瓷器，景德镇的花瓶，古玉，香料和木器。偶尔同几个朋友见面。去地铁站旁的一个小摊上买花，有时候是荷花，有时候是芍药，或者大把的雏菊，回来放在花瓶里。偶尔用相机拍照片，拍那些花的盛开和枯萎。花开一瞬，转眼即逝。每一朵花注定要死亡，无论多么潋滟明丽。死亡是花朵唯一的命运。人也一样。终究幻灭成空。带着偏见，困惑，或者遗憾，或者欲望的满足，解脱和释然。他夜里会只身对着花发呆。观察那些花朵的肌理和微妙质感。只觉其中蕴含无穷哲学意趣，渐渐了悟古人与山两两相望对峙而绝无生厌的静默之美。

去楼下的超市买手机充值卡、口香糖、黄油、白米、青菜、水果、巧克力、果汁、瓶装矿泉水。每天去同一家蛋糕店买粗粮面包，用作第二天的早餐。有时，即便不买东西，也要进去溜达一下。隔了透明的玻璃窗，是提拉米苏、慕斯、栗蓉铜锣烧、哈瓦那蛋糕、番茄芝士、丹麦牛角酥、蒜香长条面包、法棍、欧洲贵族饼。闻到蛋糕店飘荡的甜腻奶香，便觉心满意足。如同一株雌雄同株的植物，既无日光的明朗照耀，也无月光的清辉影射。不需呼朋引伴，只在空气流畅的偏僻角落，吸收氧气，消耗水分，释放出二氧化碳，自足而活。风定花落，鸟鸣山幽。如是简单的生活，只觉

得时日绵长，静水深流，波澜不惊。其实知道自己巨大的心理疾患，是在危崖之上的行走，脚下是无可叵测的深渊。一经跌落，必是万劫不复。

4 直到登机前的两个小时。

他刚刚完成了一篇五千字的采访报道。采访对象是一位名气如日中天的女明星。没有臆想中的骄奢浮华，却保持着一贯的低调做派。待人接物礼数上既矜持，又周到不做作。最难得的，除却服装搭配和护肤心得这些肤浅的东西之外，她修习瑜伽，也懂得契诃夫和米哈伊尔。活在五光十色的名利场中，却不在乎名气的大小，唯一担心的是自己是否变得平庸。她说。人真正难的是超越自己。所以我会经常提醒自己，不能松懈，一旦松懈下来，你就会变成一个很平庸的人。但我的确没有想要成为谁，或者像某人那样。我更相信命运，人的努力很重要，但是究竟个人能做到如何的功成名就，是命运里注定的。命运，她摇头，满怀敬畏，由衷感叹。

天熙一直深深地记得。采访那天她患了严重的感冒。连续打喷嚏，讲话时有浓重的鼻音。谈论爱情时言辞游离，欲言又止。谈论自己患疾症去世的父亲而热泪盈眶。至真性情，全然无暇顾及自己的公众形象。对于那些同样失去父亲的人，天熙感同身受，往往会产生更深刻的同情和悲悯。悲悯别人，也是悲悯自己。

频频采访为他迅速拓展了各种人际关系，大牌明星、经纪人、造型师、摄影师、时尚杂志的编辑、音乐制作人、私营企业老板、画家、美术馆馆长、畅销书作家、咖啡店店主、网络操盘手、创业先锋、节目主持人、品酒师、西餐大厨，甚至新出道的偶像组合、影视制片人、时装和建筑设计师、上市公司老板。纷繁的人物，多如流云，在他的世界里飘过，只留下文字和彼时的光影记忆。

他亦曾访问过一位先锋派导演。拍照的间隙，坐在影院外的简易咖啡座上。他点上一支烟，很是享受。话题杂芜而散乱：新三里屯酒吧街，正在迅速消失的北京的老建筑，巴黎的街头文化，还有一本英国人写的书《知识分子到哪里去了》。他始终面带微笑，只是这微笑里似乎混合着讽刺、通达与似乎渗透了一种怜悯。这位赫赫有名的中国第六代导演的领军人物，后来因为卷入吸毒事件，而更名声大噪。其实他性格温和，讲话缓慢甚至稍显温吞。绝无人们意象中惯常以尖锐与冷峻示人的先锋做派。当然，没有人会因此忽视他思想的独特与深刻。

他的电影在取材上都保持一贯的独特与尖锐。关注处在边缘与底层的人，关注弱势群体。摇滚青年，精神病人，孤儿收养……我希望人是平等的，而且是宽容的，会接受更多的东西。就像我一直觉得人生充满了喜剧和巧合，也同样充满了悲剧。他意味深长地说。所以，人是最值得怜悯的。在我的头脑里，没有好人和坏人，所以，我的电影并没有斗争的方向，也没有竞争的方向。

5 机舱内已经开启了盏盏细密的阅读灯。

天空是激情退却后的蔚蓝，仿佛最静谧不可测的海平面，亘古如斯。天际上方升起了一颗星辰，或许是启明星。因空气的高透明度，较之于在地面上看到的星星，更令它如同一枚璀璨的钻石镶嵌在蓝黑色丝绒的天幕上。一缕白云飘荡在它的周围。是超出尘世之上的极静谧的美。遗世而独立。清寂，冰冷，不真实，如同幻境。天熙掏出随身携带的相机。是SONY DSC-W50型数码相机。想了想，又作罢。最绝美的画面，只适宜留在脑海中。小小的数码相机，无法全然表达这份孤绝的美感。

打开外壳是黑色金属质地的随身听，是黄耀明的音乐。春光乍泄。暗涌。四大皆空。风云。每日一禁果。若水。阿姆斯特丹。最新的专辑封面上，他以独特的钻

石造型示人。千余粒水晶钻石，贴满了这个中年男人泅于水中的面庞，妖娆而奇诡。分明是香港流行乐坛的异类分子，却热爱法国电影导演兼作家让科克托和现代舞蹈家毕诺鲍什。喜欢在教堂沉思，尽管否认神的存在与他毫无相干。就算天空再深。看不出裂痕。眉头仍聚满密云。就算一屋暗灯。照不穿我身。仍可反映你心。让这口烟跳升。我身躯下沉。曾多么想多么想贴近。你的心和眼口和耳亦没缘分。我都捉不紧。然后睁不开两眼。看命运光临。然后天空又再涌起密云。近乎电子舞曲的乐风，华美而轻灵。曾经向往激烈尖锐的人生，如今繁华尚未谢幕，他却已无嗔怨，无悲喜。既会和亲密老友一道在兰桂坊的酒吧里豪饮谈心，也不惮一个人穿着人字拖独自去往位于中环广场的办公室。背影寂寥，是世情看透的释然。独握一份他人无法伸手触及的孤独，只求得内心一分自在自得。穿透世俗藩篱，直将自己活成一匹灿烂锦缎，兀自灼灼其华。

6 俯瞰窗外。

是一道漫长而曲折的海岸线，依稀有船只行走在水面上。机舱尾部冷气开得足，温度略略有些低。他在身上盖了一条灰白色的毯子。倦意袭来，马达的轻微轰鸣里，天熙阖上眼睛。我终究已经在旅途中。他想。然后睡了过去。再度睁开眼睛时，飞机正在降落中。高低压转换，令他的耳部略略有些不适。一阵持续而尖锐的疼痛。封闭的玻璃窗外早已是一团凝固的化不开的漆黑。飞机渐渐降落。可以看到了水面上映射的依稀灯光。一大簇光源，仿佛山谷中的群群流萤。是河内了。建筑物上的灯光。桥梁的灯光。并不密集的车流灯光。各种昏暗稀疏的灯光令这座靠近赤道的热带城市陷入到溽湿的黑暗中。仿佛一朵庞大的黑暗之花，绽放在未知里。渐近目的地，天熙原本轻松的心情却突然变得一阵紧张，有些莫名其妙的担心，甚至有一丝轻微的惆怅和孤独。

飞机在跑道上快速疾驶，做最后的滑行。开始有人陆陆续续站起来收拾行李。天熙也站起身，打算打开行李架，取下自己的双肩背包。是他唯一的行李。终于到了。天熙的后排座位上突然有人长叹一口气。中文。中国人。夹杂在一大堆鬼佬中，天熙未曾想自己的后面居然还坐着一个同胞。他禁不住回过头去。是一个年轻的男孩子。年龄要比天熙小几岁。身材颀长。清俊面容。皮肤略显

黝黑。有一种健康的运动的美感。眼窝略略凹陷。眼睛细长，秀美之至，极是明亮。穿了纯棉白色T恤衫，同样棉质的斜纹布料靛蓝色牛仔裤。天熙注意到，他的脖子上戴着一条银链子。你是中国人。他问天熙。当然。你不是。天熙好奇。我是越南人，曾经在中国昆明留学，学习汉语、击剑和市场经贸。现在在四川绵阳的一家台湾企业工作，负责市场部的拓展。那个男孩似乎意识到自己讲了太多话。突然变得有些腼腆。你来越南做什么。旅行。一个人。对。一个人。你很勇敢。他的口气仿佛上级对下级的褒奖。酒店订好了么。天熙摇头。出发前很是仓促。你会讲越南语。不会，但我想他们应该可以讲英文。天熙也有几分懊恼。的确有些鲁莽。原以为还可以有充分的时间找酒店。未曾想飞机会晚点两个半小时。

他有些同情地注视着天熙。旋即叹了一口气。现在是半夜时分。不比中国，街上的治安并不如你想象的那般好。你一个人在半夜里去找旅店，是一件危险的事情。飞机尚在滑行中。掠过灯火尚算通彻的机场大楼。你打算怎么找旅店。他边问边拎起自己的咖啡色行李箱，站在了机舱通道处。飞机缓缓停下来。人人争着往前面走，机舱顿时变得嘈杂。只有到市中心再说了。因为匆忙出门，天熙甚至没有来得及看越南旅行攻略。酒店名称，价格如何，一无所知。只谓是车到山前必有路。知道市中心在哪里吗。天熙再度摇头。现在去市中心的班车已经早没有了。这个时候，外面的出租车只会宰像你一样的背包客。我爸爸很快开车过来，可以捎你到市中心。他似乎担心天熙多虑，遂补充了一句。我在昆明和绵阳都得到了很多中国人的帮助。你是中国人，来到了越南，我理应帮你。

下了飞机的舷梯，湿热之气扑面而来。空气中甚至弥漫一股淡淡的酸涩味道，仿佛熟透了的果子正在发酵。9月份的越南，已进入雨季，但对于游客来说，它的热力余威依旧无可抵挡。机场大厅人头攒动，游客拖着行李箱来来去去，仿佛水箱里的鱼。各种肤色，各种装束。他们带着各自的目的来到这个热带国度，各自面目亦是含混不清。

我的越南名字是Kim min jong。中文名字是阮德广。他注视着天熙。你叫我的越南名字吧。算是新学一门外语。说完便呵呵直笑。Kim min jong在服务台兑换了一把硬币。背对着天熙，用陈旧的手摇投币座机打电话。天熙注视着他的背影，只觉情愫颠倒

莫名。宽宽的肩膀将白色T恤衫撑得饱满欲涨，可以想见肌肉的结实。臀部和大腿裹在窄细的牛仔裤里。紧翘，挺拔，呼之欲出。藏青色紧腿裤把他的下半身的轮廓清楚地勾勒了出来。仿佛有一种东西在优美地活动着，正在向我走近。我对这条紧身裤竟产生无可名状的倾倒。究竟为什么，我也不明白。三岛由纪夫《假面告白》里的句子，应和了这种情愫的暗发。天熙被自己吓了一跳。几分钟后，他放下电话。转过身来，微笑。我爸爸很快就会赶过来。我已经跟他说了碰到你的事情。他让我帮助你。

天熙叹了一口气。没有言语。他提醒自己，他只是在做一场旅行。他的背包里只有《金刚经》。他的世界幻灭懵懂。他惯于在荒凉河岸仰望星空，曾经被生命狠狠刺痛。他是暂时逃离都市的流浪客。他是前世的行脚僧，现世的过客。他只是想看看这个国家，然后离开。心中不存任何奢望。不带走什么，也不留下什么。没有任何故事被允许发生。

7 十分钟后，天熙已经坐在了Kim min jong父亲的白色别克商务车里。他是一位中年男子，表情严肃，不苟言笑。左手中指戴了一颗镶嵌硕大祖母绿宝石的金戒指。浓浓的古巴雪茄味道。天气炎热，也依旧穿了质地上乘的浅灰色长衫。每一粒扣子都系得密实。

讲话时语速放得很慢，有深沉的喉音。同天熙握手时短促有力。伸出手，旋又快速收回。绝无拖泥带水的犹豫。作为国家发展中的既得利益者，他是生意场上的老手，也是见过大世面的人。越南予人的印象是一个经济落后，穷困潦倒的发展中国家。它的国民也理所应当的贫穷。但显见Kim min jong一家家境之殷实，远远超出一般家庭之上。

离开机场，别克车向着市中心方向行进。窗外一片漆黑，看不清任何景致。只偶尔闪过一两点灯火。倒让他想起唐诗里两三渔火是瓜州的句子。道路似乎有些坑坑洼洼，不时些许上下颠簸。坐在后座上，吹着冷气，似乎闻得到热带植物散发的旺盛浓郁味道。天熙的心安静了不少。Kim min jong絮絮跟父亲讲话，父亲则偶尔应和几句。不时笑几声。显见，父子二人的感情非常好。这让天熙突然生出一股羡慕之意。爸爸让我告诉你一定要注意安全。Kim min jong转过脸来，定定注视着天熙。天熙点头，下意识地去摸抱在怀里的背包。护照，钱包，身份证。最重要的三样东西就在这个藏青色的双肩背包里。

渐行渐远，车子所经之处灯光也愈加密集。车速明显慢下来，开始汇入大片车流中。不时有摩托车发出尖锐的刺耳声，疾驶而过。Kim min jong扭过头来。这里距离市中心已经不远了。路边有旅店，应该可以住宿。他快速打开自己的背包，掏出纸笔。我把家里的电话写下来。如果碰到问题，你赶紧给我打电话。另外，市中心有一个湖，叫Hogam Lake。周围也有一些酒店，如果这里没有合适的住处，你可以打车去那里。他把纸撕下来，递给天熙。天熙小心翼翼地接过来。是一连串长长的数字和Kim min jong的中越语名字。说话间，车子在临街的一座大厦前戛然而止。就是这里了。Kim min jong说。天熙道声谢，拎起背包下了车。Kim min jong摇开车窗。有事情一定记得给我打电话。他再次叮嘱。

8 天熙站在街边，目送Kim min jong乘坐的车子缓缓离开。

灯光渐远，很快和其它的车灯混杂在了一起。最后，消失在无边无际的黑暗夜色中。是站在越南的土地上了。白天的强烈炙晒，令地面的余热犹存。暑气蒸腾着。天熙抬头仰望天空，灰蒙蒙的，并不能看到一颗星星。没有林立高楼，没有闪烁的霓虹。建筑物在昏昧的光亮里现出模糊的轮廓。这里倒更像一个僻远的县城或者城市的边缘地带。突然，一辆又一辆摩托车从黑暗中涌现出来。马达发出巨大的轰鸣。长发女孩子坐在座位后面，双手环绕抱住前面同伴的腰。从天熙身旁疾驰而过。这是天熙从未见过的阵势。如同香港警匪片里黑社会打手耀武扬威出行的场面。他的额头不禁渗出了一层细密的汗珠。

最近处，是一家烧烤店。烧红的烤架上，噼里啪啦，正烟熏火燎地冒着呛人的浓烟。昏黄的灯泡下，几个当地人围着一张桌而坐。桌子上摆满了凌乱的盘子和啤酒。他们大声讲话。不时发出哄笑声。其间夹杂着空啤酒瓶滚落碰撞发出的叮当声。天熙注意到其中一个男子朝他这边看了一眼。然后低低对同伴说着什么。想起了

Kim min jong告诫的话语。天熙不禁加快了脚步，向着闪烁HOTEL英文字样的旅店方向走去。穿过一道窄窄的胡同，他感觉墙角处似乎有人影隐约晃动。果然，有一个男人从阴影里钻出来，默不作声从他身旁走过。天熙吓了一跳，推开一扇栏杆上刷了绿色油漆的铁门，是一个大院子。空落落的，亦无任何声音。窗台下种了几株美人蕉。后来在越南的数日，天熙到处见到这种植物。红色或者黄色的长条形花瓣。开得炽烈，浓密，渐近荼蘼。

门口一盏白炽灯，明晃晃的刺人的眼，感觉渗人。几只蛾子在灯周围飞来飞去。进到大堂，仍然没有人影，却闷热得让人心里发慌。前台窄窄的桌子上，一只老旧的台式风扇呼呼转着，试图搅动着粘稠的空气。一只苍蝇趴在乳白色的电话机上，一动也不动。似乎实在懒得飞行。一只黄白毛色相间的猫趴在长椅的下面打盹。无法推测这家旅店的性质，究竟是国营，抑或还是私人所有。

天熙用英语打招呼。半晌，旁边的一扇门吱扭一声打开来。出来一个小伙子和一个妇人。瘦削，头发乱蓬。一副病恹恹的懒散模样。蓝色短袖。汲着一双塑料拖鞋。那妇人略年长一些。个头不高。青色粗布褂子。头发梳成大髻挽在脑后。表情还算和善。好奇地看着天熙，如同观看天外来客。从下飞机到现在，天熙倒也真有来到另一个世界的感觉。我想找一个房间。天熙说。在谨慎看了天熙的护照后，瘦男人掏出一大串钥匙。要一个二楼的房间。他补充道。他觉得这会比较安全一些。

瞥了一眼墙上的挂钟。指针已经指向零点15分。天熙在心里叹了一口气。只要凑合着过了今晚就好。瘦子示意天熙跟他一起上楼。沿着一段逼仄促狭的木质楼梯，拾级而上。其他房间的门都紧闭着，不知道是客人都已睡熟，还是根本就没有客人入住。天熙不得而知。打开房门。约莫10平米左右的面积。窄窄的床。一张桌子，上面有一把红色塑料暖水瓶。壁挂式空调。紧闭的窗户。洗手间的马桶黄褐色锈迹斑斑。简直不像文明世界的产物。房间里散发着霉烂的味道。天熙忍不住皱了皱眉头。这个房间多少钱。天熙问。十四美元。天熙吓了一跳。都说越南的物价便宜。这十四美元岂非天文数字。又脏又贵，远远超出了天熙对自己在越南每日开销的预算。八美元。这是天熙给出的心理价位。瘦子坚定地摇头。

讨价还价不成。天熙只好又折身回到了一楼的前台。那男子情绪激动地对妇人说着什么。妇人皱紧眉头倾听。然后摇头。她看了天熙一眼，爱莫能助的样子。他不打算再浪费时间。已经是零点40分。看来只有去市中心找旅店了。天熙极沮丧。在越南妇女同情的目光里离开。再次回到马路边初下车时的地方。

烧烤店已经关门打烊。街边愈加冷清。有稀疏的摩托车匆匆经过。然后呼啸而去。半天，他终于打到一部出租车。是黑色桑塔纳。看车子的破烂程度，简直像刚刚遭遇过一场洗劫。去Hogam Lake。他掏出Kim min jong写的字条给司机看。我想找一家旅店。天熙说。司机听懂了HOTEL的字样，拼命点头。似乎生怕丢了这单生意。OK。NO PROBLEM。他信誓旦旦地说。天熙跳上车子，逃离了这个梦魇般的所在。

9驶过一座桥梁。

十数分钟后，路两边渐次变得开阔。看不到月亮，但终于一下看到了几粒星子。高大的棕榈树，低矮的灌木丛，密林里的动物，连同芭蕉林，山峦，村落，农田，还有房屋，河流和坟墓。一切都陷入到静寂的黑暗里。车灯照亮前面坑洼不平的路。坐在车子里，天熙的心开始慢慢安静下来。默默想着心事。司机掏出一根烟，递给天熙。天熙摇摇头。他便自己点上，猛吸了一口，一阵呛人的烟味便在车厢里弥散开。

Kim min jong此时在做什么。天熙不由想起他紧身白色T恤衫下隆起的肌肉轮廓，以及那双细长秀美的眼睛。临下飞机时的邂逅，匆忙的道别。一切都发生得不可思议。只有攥在天熙手里的那张字条是真实的。上面写着Kim min jong的中越语姓名和家里的联系电话。天熙知道，自己要的只是一场一个人的旅行。一场自我的放逐与追寻。他正在路途中。他的世界劫后重生。他是心思倦怠的旅人。看到人世间的残缺与不完满，如香烛燃烧过后的残余灰烬。而非热情澎湃、虚幻盲目的情感游戏玩家。河内。顺化。岘港。会安。西贡。潘切。芽庄。金边。吴哥。他将一站一站走下去。

出租车逐渐驶入市区，开始有比肩而立的群楼。见到了一大片湖水。这应该是Kim min jong所说的Hogam Lake湖了。潮汐引力下，湖水涌上岸边，轻轻拍打石岸，发出哗哗声响。凌晨一点钟的大湖。即便是市中心，也未及想象中的繁华。绕湖一圈，并没有多少光亮。见到一家酒店，门口几个男女鬼佬，手里各拎着一只啤酒瓶子，坐在台阶上聊天。与出租车司机结了账。天熙跳下车子，冲进大堂里。他掏出护照，不想却被面容秀丽的接待小姐客气地告知客房已满。

天熙顿时觉得颓丧无比。他重新跳上一辆的士。他对司机说，请司机帮他拨通了Kim min jong家的电话。电话接通。我是天熙。我已经在Hogam Lake，没有找到可以住宿的酒店。Kim min jong的声音听上去担心而焦急。我家人刚才还在责怪我不该把你一个人丢下。你把手机给司机，我告诉他地址。

10 的士在越南的黑暗天空下疾驰。

天熙只觉得自己身处在镜头的画面里。人与某种情境，人与人的相遇，也是命中注定。离开黄河入海口的一座石油小城，来到北京。他试图寻找属于自己的另一种生活途径。心有不甘的追寻，却似盲目挣扎，不知道究竟在追寻什么。生是颠簸流离之途，有时道路看似通达，予人选择的余地实则不多。

的士司机放起了一段音乐。是爵士乐。仿佛在迪厅里演出，激烈，嘈杂，断续。和着节奏，天熙的情绪亦渐渐变得饱满而坚实。

的士驶入一条曲折幽深的巷子。被惊醒的狗发出一两声吠叫。漆黑的夜幕里，有户人家的门口亮着的灯分外醒目。的士缓缓停下。灯光下，Kim min jong，他的妹妹，他的父母。一家人站在门口。这样郑重而深具诚意的等待。背后，是被灯光照亮了的满架蔷薇。在灯光的映照下，沉坠回旋，绿意葳蕤。蔷薇花红，暗香浮动在整条巷子里。是天熙难以释怀的温暖画面。

回忆岛屿——2

天刚蒙蒙亮。

昨夜里下了一层绵薄的秋雨，空气里荡漾着些许凉意。

半夜里，天熙依然会无由醒来。

1 黑暗中，天熙醒来。

天刚蒙蒙亮。昨夜里下了一层绵薄的秋雨，空气里荡漾着些许凉意。假期已满，他要赶早班车去车站，回北京。他向父亲道别。径直推开客厅的门，便看见父亲瘦削的身子陷在黑色皮沙发里，头发稀疏而凌乱。似乎在等他。这是他最后一次见到父亲。父亲神色平静，情绪异乎寻常的温和。在那边好好工作。记得打电话来，他说。他的指间夹着一根烟。夹烟的手指指甲处几乎已被熏得蜡黄。客厅通向阳台的门紧闭着，房间里充斥着呛人的浓烈烟味。茶几上的烟缸里塞满了烟灰烟蒂。显然，他起得很早。

国庆节放假，他回家暂住了几日。父亲的脾气一如既往地坏。母亲说，最近几年，父亲如同换了一个人，有时几乎达到丧失理智的地步。工作中的争斗与利益冲突。对子女有诸多失望，觉得一个个尽非如他所愿。对母亲亦是心存怨恨，觉得母亲曾经拖累了他的前程。抱怨社会形势的多变，对诸多原本与他无关的事情看着不顺眼。总觉命运对自己不公。退休后，更不喜交际，日日闷在家里。颠倒昼夜晨昏地睡觉。把自己封闭起来。

不下棋，不钓鱼，不种菜。只喜欢喝酒。阳台上，厨房里，甚至卫生间和卧室的边角，到处堆积满了他空空的酒瓶。那些白酒，多半廉价。他并不舍得为自己买好酒。母亲稍加劝阻，便会招来他的大骂。只有趁他不注意，偷偷往酒瓶里掺水。逢年过节，天熙也尝试把家族亲戚送来的酒藏在高处的储物柜里。不几日再看，酒的包装完好，只是瓶子已经变空。

吃饭时，讲话稍有不慎。他便会暴怒。甚至会将碗碟带着饭菜，扔到地板上，或者摔至墙角处。每每之下，一家人便不再敢说话。沉默吃完饭，匆匆各自离开。即便过年或遇重大节日，别人家喜气洋洋，张灯结彩。他却单单会向隅而泣，搞得全家人索然无味。

只道是数十年来的性格使然。却并知晓他已患有巨大的心理疾患和严重的酒精依赖症。

而那一次的转身离开，也令天熙彻底懂得了什么是永远失去。清静之体，刹那虚妄。如百川众流，悉入大海。而个体的存在，只是恒河沙数之一粒。

2 已经在越南生活数日。

半夜里，天熙依然会无由醒来。会听到Kim min jong沉静如海

般的呼吸，间或含混不清的絮絮呓语。一楼客厅里黄金外壳的欧式雕花自鸣钟，有规律的钟摆声，穿越木质旋转楼梯，即便在三楼客房里，也依稀可闻。红木双人床，样式古旧宽大。为了凉快，上面铺了一层白色亚麻席编织的席子。一台风扇吱呀吱呀地转。他和Kim min jong就这么平行而卧。有时，两人的头或者手指会碰在一起。Kim min jong的浓茂头发宛如一大片青草垛。散发出清香的洗发水的味道。混合着年轻的荷尔蒙气息，在湿热的黑暗里勾芡酝酿。天熙惊醒，便会轻轻挪开，侧过身去。

赤脚绕到房间的后阳台。白日里，可以看到一大片空旷的田野。一道静谧的河湾。延伸着的碧绿稻田，水波粼粼，映着日光。时有水牛在耕作，戴了尖尖褐色斗笠的农人，缓步行走其间。夜里，仰望天空，会看到清寂空中，飘着大朵白色云彩。仿佛白色桃花绵延不绝盛开。万千星光，宛若细碎水晶，密布夜空。大千世界，一片银色静寂。只有阵阵蛙鸣，呼朋引伴，在水田与沟壑间怡然自得吟唱。

雨也会常常无端下在夜里。他便轻轻坐起来听雨。小楼一夜听春雨，只是没有杏花。淋湿的是院子里的榆叶梅、蔷薇。滴滴答答或者刷刷的细密雨声里，天熙倚靠在床头，感觉眼前一切都变得虚幻而不真实。

在房间的一角，有一张书架。朱红色雕刻精美花纹的柜子，表面镶嵌了美丽的贝壳花钿。柜子上方两个精美的相框里是泛黄的老照片，分别是Kim min jong逝去的祖母和外公。一个紫金香炉，盛满了香灰。每月的初一和十五，Kim min jong的父母亲会上楼亲自焚香，祝祷。香炉左右两侧是两只彩绘玻璃花瓶，插了用以悼念亡故之人的鲜花：三五束细长花枝，米黄色花瓣，散发缕缕清香。中间放了一些用于祭祀的越南水果：绿色的释迦，人心果和芒果。

日子疏忽就慢了下来。北京似乎已经遥不可及。天熙的生活就和这家人融在了一起。一切都发生得那么自然。Kim min jong的爸爸忙于生意和应酬。早出晚归，极少在家里露面。Kim min jong的妈妈亦曾经做过家具生意。兴隆时期拥有自己的数家店铺。现在生意的事情则交给家族的其他人打理，时间基本用于打乒乓球，每天都要去附近的乒乓球俱乐部。一楼客厅的墙上挂着几枚奖牌，是她参加河内市乒乓球比赛的战利品。Kim min jong的妹妹玲比哥哥小三岁，皮肤白皙，眼睛细长明亮，是典型的越南女孩子。在一家广告公司上班。几天下来，Kim min jong和他的家人俨然已经把天熙视为家里的成员之一。

晚上天熙与Kim min jong以及他的妈妈和妹妹在客厅里看电视，是一些制作粗糙而简单的电视节目。偶尔有越语版的中国武打片或者古装片。天熙不懂越南语，Kim min jong便用中文讲给他听。与玲的交流，只限于简单的英文。玲现在报了英文班和汉语课，打算明年也去中国留学。她用古怪的中文发音叫他天熙。粲然而笑的时候，露出编贝般的牙齿。

晚上睡得晚，白天自然醒来，已是满室生辉的阳光。Kim min jong和天熙照例下楼去淋浴间冲凉。出门去吃路边店的越南特色米线。下午三四点钟左右，天熙会陪同Kim min jong去踢足球，是简陋的足球场地。下午的热带阳光依旧暴晒。天熙不谙足球术，只有躲在树阴下喝冰镇汽水。男孩子们都光了上身，汗水一道道流淌，在年轻健硕的脊背上闪光。Kim min jong快速奔跑时，甚至会带起脚下的尘土。不踢球时，两个人也会去湖边喝便宜的越南冰咖啡。闲散聊天，讲述彼此的计划与想法。或者看别人钓鱼。晚上会去酒吧喝酒。Kim min jong和每一个人似乎都很熟，碰到熟人，摩托车的速度便慢下来。他们彼此打招呼。Kim min jong骄傲地指着天熙，我的中国朋友。他说。每每这时，天熙的心里便升腾起一种幽幽暖意。就像当他坐在摩托车的后面，在Kim min jong的命令下抱紧他的腰的时候，也会有这种感觉。

3 晚上躺在床上，听着远处的断续蛙鸣声，两人会絮絮聊天，似乎总有讲不完的话。

Kim min jong讲他在昆明留学的经历，天熙多半是听。Kim min jong说，尽管经济有所发展，普遍的越南男人和女人，结婚依旧很早。他的许多同学和朋友，基本都已经结婚，有的甚至有了小孩子。Kim min jong开玩笑说，因为自己在中国留学，所以才逃过这一劫。看得出来，他的家庭亦是比较开明，在这方面，不会给他和妹妹施加压力。同大部分男孩子循规蹈矩不同，Kim min jong很早即开始谈恋爱，曾经交往过几个女朋友，但都如走马灯般无疾而终。

上一个分手的女朋友，比他略长几岁，性格倔强。穿白色的衣服，喜欢在鬓角别一朵清香的栀子花。像所有曾经恋爱的人一样，他们吵架，复又和好如初，再吵架，再分手。如是往复，直到女孩儿离开，去了另一座海边城市，联系亦终渐稀疏。暑假里，Kim min jong曾坐连夜的长途车去那座海边小城看望她。其实是海边的一个小镇。大多数人家的房子都稀零散布在隔海大堤的内侧。常有一只黑狗在大堤上巡逻般走来走去。每天有一列火车经过这里的小站，稍作停留，再冒着烟继续前行，到达越南以北的地方。

在海水涌动的僻静沙滩上，礁石的后面。他一次次进入她，纵横激荡。女孩在他身下挣扎，低低哭泣。长发散落如青色海藻，沾满了白色细沙。他的背上布满道道红色抓痕。情欲饱满高涨，如鼓满的风帆。到达高潮的那一刻，海面上突然升腾起铁青色的厚重云朵，无数雨点如沉重箭矢，奋力砸向海面。他匍匐在女孩的身上，抬起头，只觉眼前情景触目惊心。一只石青色的小螃蟹，绕过他的胳膊肘，向着礁石的方向爬去。

女孩儿穿上白裙子，匆忙离开。沙滩上是她遗失的一枚镶嵌黑色花朵的耳环。Kim min jong弯腰捡起它，拭去上面的砂粒，放在掌心。他神情漠然，端视良久。迅疾的大雨将他浑身浇透。他陡然扬起胳膊，将那枚耳环扔进了海里。旋即纵身跃入涌动的冰凉海水中。

天熙，我总是不能全心意地与一个人相处。他的语气有几分苦恼。或许与爱别人相比，我更爱自己。有时候，我觉得自己既是那个小王子，又是那只等爱的狐狸。情深不寿，强极则辱。这是我读到过的一句中文。一直没有明白它的意思。后来才知道它所蕴含的无奈。人活一世，追求感情的恒久。只是感觉，恒久无处可寻。现在想来，无法全心爱一个人，是因为我对感情寄予了太高的期望。担心失去，担心分离，担心背叛。无法忍受疼痛，没有安全感。所以，我宁可在失去之前先失去，在分离之前先分离，在背叛之前先背叛。如是，我觉得自己是安全的。

Kim min jong侧过身去，呼吸声起。平稳，有规律地起伏。月光下的海水渐渐上涌，肆意蔓延，吞没了沙滩，也吞没了那条通向远方的铁轨。悄无声息。Kim min jong说，这是他曾经反复做过的一个梦。

4我一直用了全部的气力来逃离父亲的阴影和他的控制。

读中学时，他的喜怒无常的脾气即令我自卑和畏惧，从不敢将同学和朋友带回家里做客。在他的面前，我总是谨小慎微，稍有不对，便招来无妄之灾。放假的时候，常常借故躲在一个好朋友的家里。

长大后，摆脱家庭和父亲的愿望愈加强烈。假期常常用来旅行。旅行，是一种可以逃避现实生活的方式。一个人坐火车，或者长途汽车。去上海，南京，苏州，镇江，无锡，扬州。一些南方城市。某个春天里去到寒山寺时，正赶上闭寺，来自日本的旅游观光团正熙攘而出。于是离开寺门，在旁边的一条古旧巷子里漫游。看到一扇敞开的木质红色大门，门环脱落，痕迹斑驳俨然。院子里是一株繁密盛开的桃花树。忍不住走进去。满树的桃花，绯红色花瓣，纷纷扬扬，开得正好。

对桃花的喜爱，似乎缘于看王家卫的《东邪西毒》。也许因为太久没看过桃花，第二年的春天，我去了盲剑客的乡下，我觉得很奇怪，那儿……根本没有桃花。

站在那株桃花树下。抬头，是蓝得刺目的天空。红与蓝，皆是绚烂之极的颜色。明艳日光下，不知为何却在内心生出哀伤与怅惘。看到桃花般的飘落，便觉凡此种种，俱是幻象。

旅行是会让人上瘾的，欲罢不能。

终于在一个八月份里决定要去西藏。从位于黄河入海口的那座小城出发，带着简单的行李，坐肮脏的长途卧铺夜车到北京。从北京坐火车到西宁。去了塔尔寺，看白色寺庙和菩提树，拜见活佛。去看传闻中仓央嘉措的消失地青海湖。坐火车到格尔木。发着高烧，吞了大把的退烧药，浑身虚汗。冒着会患肺气肿的危险，执意孤行。沿途经过茫茫戈壁，偶尔的鹿群，祁连山的西段。德令哈，和白色茶卡盐湖。列车隆隆，想起那个早夭诗人的诗句。今夜我在德令哈，这是雨水中一座荒凉的城。

沿着青藏公路继续颠簸。只是轻微胸闷，头晕与乏力，所幸并无严重高原反应。暮色里抵达海拔4533米的沱沱河。高原起伏广阔，河水凝滞而流。同车的旅伴中有一位是来自上海的画家，夜里，在沱沱河兵站休息。他不堪剧烈的高原反应，头疼欲裂。整夜都是痛苦嚎叫和咒骂。天蒙蒙亮，空气凉寒，再度启程。安多，那曲，当雄，德庆。看到雨后的一道彩虹，如此真实，几乎触手可及。也看到沿途数辆车子翻在了沟里或者河里。三天后，到达拉萨。

5 住在拉萨老城区的八朗学二楼。

普通的房间，木质桌子，暖水瓶，红色地毯。简单得无以复加。帐篷，高的登山包，防潮垫，维生素和红景天，散发着人在天涯的味道。随时会有熟悉的面孔消失，陌生的面孔出现，空气里始终充斥着见面和别离的味道。人们风尘仆仆地去来，各有所忙。去阿里，去林芝，山南，去大本营看珠峰，去狮泉河和昌都。只有阳光寂寂，遍布每一个角落。夜里醒来，房间黑着。有人缩在床角抽烟。烟火明灭，一闪一亮。房间里的一个女孩子，曾三次入藏。短发，有一种豪爽气。此次要经由中尼公路去尼泊尔，在那里住些时日。

某一个黄昏，我站在向西的窗前。远眺，落霞似火，染红了西天。隐隐可见布达拉宫雄伟的轮廓。近旁，窗下的路摊，卖一些食品和水果。小贩们悠然地坐着，看过往行人。风吹过来，扬起漫天沙尘。脚踏车，红色出租车，黄包车。街角浓浓的阴影里，几个紫衣的喇嘛正在化缘。年轻，裸着瘦而细长的肩膀。口里喃喃念着经文，声音顿挫抑扬，起伏有致。并不做可怜状。当你走过并且驻足，他们便齐齐盯着你。目光中似乎有笑意，却又似乎是空洞的。投下几枚纸币，他们并不言语，只双手合十以示感激。

是极尘世的拉萨。

行走在午夜的静寂街头。白天的喧嚣已然散尽。沿街小贩，青稞面和羊肉，黄的酥油茶，烧烤，闪亮的转经筒。僧尼紫衣飘飘地走过。乞者隐于街角的阴影中，只以散淡的目光看你。快活的黄包车夫，打着尖利的口哨，呼啸而来。一切归于沉寂。

街灯或明或暗，如神秘的窥视者的眼睛。那些古老的窗，隐没在黑暗中。窗脚的盆花，红色，粉色，或白色。白日里花瓣上涂满阳光；夜晚则沉静地思索。我看不到它们的身形，唯有暗香低低浮动。那紧紧扣住的门扉，斑驳破旧的石墙，窄窄的石板的巷子。通向一种生活。别样的生活，包含了神秘和灵性在内的。我可以抵达，却永远无法触及到它的深处。

偶尔，深巷中传来犬吠。我漫无目的地游走，如失去灵魂的鱼。人在某一个时刻，一定要迷失自己的。月华如练，清辉万丈，空气质朴而干净，不含任何物欲。这样的午夜。任思绪信马由缰地游走，纵横四方。我所曾经的种种人事，那一刻却没有丝毫想起。没有了前尘和来生，我竟浑如一滴水，溶解消释在了月光里。不远处，布达拉宫千年的酥油灯，仍将熄而未熄。

并没有像其他的旅人一样匆匆去往其他地方。我只在大昭寺旁的广场上晃来晃去。或者沿着拉萨河走路，走到距离城市很远的地方。再折回来。在西藏的旅行令我的精神发生某种变化。在高原阳光直接而浩荡的暴晒下，我感觉自己终于找到了某些东西，那是我遗失已久的，如同前生。生命是一场幻觉，旅行也是，它制造假象，让人活在自己的幻觉里。以为自己无所不能，以为自己可以始终生活在别处，以为自己可以一直往前，永远不再回头。其实，翻过山的另一面还是山，穿越过沙漠的另一面发现的也依旧是沙漠。旅行追寻，也是逃避。若干年后我才明白。以为自己获得解脱，其实是陷入了另一个执著。这是一个始终矛盾的命题。但我们仍旧会执意行走，如同宿命。

热爱旅行的人，却是注定了内心的孤单。

6 无论我去到哪里，父亲从不知晓。

一直沟通甚少，也从未得到过他的一句夸赞之词。知道他对我寄予了厚望，却始终不知道那厚望到底是什么。不愿意跟他沟通，吃饭时甚至懒得理会他。只会闷头往碗里夹菜，然后匆匆离开餐桌。一直

觉得，他给了我肉身，但在精神层面上，对于如何成为一个男人，却从未给过我引导。他是缺席的父亲。我只有从尼采叔本华佛洛伊德荣格那里寻求零星的理论碎片，以求得支撑生命成长的依据。

严重的酗酒终于导致他小脑萎缩，出现了幻听和幻视。这距离他退休已有几年。他开始生活在自己制造的臆境里。长篇累牍的臆语。某一天，他或说自己看到了一条黑色斑纹的大蛇缠绕在一根木头柱子上。又或在阳台上狂乱吼叫，说有人拿着刀在追杀他。意识失控，全然是疯癫的状态。

他终于被强制送入精神病院，注射了镇静剂后方安静下来。医生说，他必须马上接受酒精依赖症的治疗。有将近六个月的时间他要在精神病院度过。父亲入院的第一个晚上，我在医院陪床看护他。注射镇静剂后，他沉沉睡去。我躺在地板上，听到他发出匀称的鼾声。空气中混含着福尔马林溶液、消毒水和刺鼻的尿骚味，偶尔能听到其他病人磨牙声，或者呓语。只觉是身处在一个怪诞的梦里。命运如此乖蹇，你不知道自己会经历什么。如同一个摆渡者，我不知道哪里是可以止息停靠的码头。

下班后我去医院看望他。倒两路拥挤的公交车。去医院旁边的小卖部给他买好一点的烟，大中华或者中南海。精神病房和其他治疗部门独立开来。推开沉重的黑色铁门，走过空间逼仄的走廊，我去到他的房间。走廊里有人在唱歌。蓝蓝的天上白云朵朵，美丽河水泛清波。雄鹰在这里展翅飞过，留下一首动人的歌。一个年轻小伙子旁若无人地大声唱歌，即便穿着邋遢的病号服，也依旧可见他的俊逸。据说他是因失恋刺激，而精神失常。

和所有的病号一样，父亲穿着白底蓝色竖条纹的病号衣服，安静坐在自己的床上嗑瓜子。数月远离酒精，他的脸色不再蜡黄，微微白皙，精神状态似乎好了许多。医院里饮食清淡粗鄙，我给他带些平时爱吃的卤鸭肝和牛肉之类。他看到后，异常开心。脸上显现出欢喜的神情，往往会招呼其他的病友一起过来吃。他的人缘其实一直很好，为人热情，爱张罗事情。在单位每年也总会拿到几个先进。只是性格太要强，只希望事情按照自己的决定去执行。稍有拂逆，他便耿耿于怀。

我陪他去楼下院子里散步。墙角有一株紫色野菊花。他点上一根烟，自言精神状态已经好很多。医院里的生活有规律，早晨六点多起床，晚上九点钟就早早入睡。每天要接受注射，吃大把的药。抗抑郁剂，安眠药，镇静剂，补充各种营养素，以及其他抗精神病药物。然后，他转过身来，看着我，恳求我通融大夫让他离开医院。带我回家。他说。他从未向我索求过什么。那是他第一次，就像一个胆怯而脆弱的孩子。我坚定地摇头，治疗的疗程尚未完。他神色黯淡下来，说，我们回病房。

对于父亲住院的消息，我一直守口如瓶。有同事关切问起，我也只轻描淡写，一语带过。即便对最好的朋友，我亦是羞于提及。他的存在，就像一道伤疤，令我难以示人。耻辱感如同巨大阴影，覆盖着我漫长的少年时期和青年时期。你或许永远都不会明白。

7 Kim min jong 已经早早起身去找他的女朋友。

只有他和玲两个人在家。偌大的三层楼，顿时空落。室外的阳光照例是明晃晃的刺眼。一楼客厅的大玻璃鱼缸里，飘摇着绿色的水草，一大群热带鱼在其间兀自游来游去。玲站在鱼缸旁，往水里撒了一点鱼食。饥饿的群鱼立刻蜂拥而至。天熙站在她的背后发呆。

天熙，你一定饿了。我马上为你做早饭。玲回过头来，笑着说。她穿了及膝的粉色短裙，一头乌黑的秀发随意飘散在肩上。工作的时候，每天都骑着自己那辆红色摩托车上下班。习惯戴上粉色口罩，外加一顶宽边的浅粉色帽子。甚至她的手机也是红色的SAMSUNG。Kim min jong常常取笑自己的妹妹是越南版的HELLOW KETTY。玲便笑着反驳他，去捶哥哥的背。Kim min jong并不闪躲，只呲牙咧嘴，做出一副疼痛难忍的样子，于是玲便哈哈大笑。显见兄妹二人的感情非常好。

厨房外是一片阴凉的小花园。地面覆满了青草。丝瓜架上绿意葱茏。有低矮的灌木丛，还有几棵天熙叫不上名字的树。玲极利索的打开燃气灶。红色火苗上窜。铺着白色刺绣桌布的餐桌上很快摆放了饭菜。油煎红色小河虾，几块红烧肉，两碗越南米线，几片青柠檬，一小碟凉拌鱼腥草，蓝色瓷碟子里盛着紫苏和薄荷叶。两杯自制酸奶。极简单清淡的菜式。天熙拿了两双筷子。放在他和玲的碗上。一切都那么自然。

两人吃饭，并不觉得有任何尴尬。玲看他，不时笑。全然不谙世事的小女孩儿的模样。天熙，你多吃。她说。天熙不会讲越南语，玲的英文亦不算流畅。两人的交流基本靠手势和眼神。我正在学中文，希望明年可以去中国留学。她说。但是，是去北京还是去昆明，尚没有确定下来。

在北京，天熙会遇到各种女孩子。他同她们约会，一个人或者混合在一群人中。在南锣鼓巷的三棵树和华贸中心的中庭咖啡店，或者是在UME的大屏幕电影院，钱柜和麦乐迪，或者东方银座的一家港餐厅。他同她们约会，三心二意，似乎是为了证明自己的曾经存在，以她们做记忆回放的背景板。用一杯拿铁或者卡布奇诺，一部电影，一个或两个小时的唱歌，消遣着自己的时间，也消遣她的时间。这个她，可能是健康杂志的专题编辑，小有名气的独立摄影师，时尚网站主编，又或者是某品牌的公关。她们都无一例外气质超然，眼神凛冽。即便在熙攘人群中，你也能迅速将她们区分出来。性格独立，做事雷厉风行，待人接物得体，既彬彬有礼，又保持距离。

她们抽Sobranie，蓝白色的韩国爱喜ESSE，或者豹纹烟身的摩尔More。心情失落的时候偶尔也会爱上淡淡的茶花和Capri。她们说，悲伤的时候总有520陪着我。也喜欢在喝酒的时候抽烟，好让自己看上去不那么孤单。有时候，即便不抽，她们也喜欢烟夹在手指间的感觉。她们同男人一样对这个世界充满了警惕和欲望，同样野心勃勃。可以拥抱，亲吻，和上床。但是永远猜不透她们究竟想要什么。

他同她们谈论任何话题。八卦，灵修和塔罗牌，埃及的金字塔，小剧场演出，波特莱尔和《羊脂球》，股市动态，新开张的泰国餐厅，福布斯富豪榜，闭关，焦虑症，公司里的人事纷争。但是不谈爱情。他同她们邂逅。会擦肩而过或再度相遇。双方是彼此的过眼云烟。

你习惯它的味道吗，很多中国人都不喜欢。玲夹起一小簇绿绿的凉拌鱼腥草嫩叶。天熙礼貌地点头、微笑。非常喜欢。在北京的一些西餐厅里吃饭或者在一些外国人参加的派对上，往往会有鱼腥草作为食材的沙拉。有些人会讨厌它微臭的鱼腥味道，而退避三舍。我曾经尝试去超市买，但是不知道为什么，一直没有买到。天熙边说，边拿起一片青柠檬，轻轻揉捏。数滴酸酸的柠檬汁便滴到了米线上。用筷子搅动后，径自低下头大口吃起来。抬头，玲正含情脉脉注视着他。眼神纯真而美好。你喜欢吃，我以后可以经常给你做。这种菜在越南很常见。天熙的脸微微发红，夹起一颗红辣椒，讪讪而夸张地说，好辣。

虽然家境优渥，但显然玲并不娇纵。早晨早早去广告公司上班，晚上很晚才回来。不泡吧，不喝酒。和朋友约会时喜欢喝当地的甘蔗汁。周末的时候约朋友去玩，在固定的时间陪妈妈去游泳或打乒乓球，有自己的乒乓球私人教练。尽管已经20开外，同家里人讲话时仍然会发嗲。无忧亦无虑，是典型的邻家好女孩。同家人讲话时，尾音调子拖得长长的，带有菠萝蜜般的甜蜜味道。

在同女生的交往中，天熙并非总占上风。只是对于情欲的控制，他较同龄人更能把持自己。读书时，暗恋他的女生并非没有，只是囿于自卑，他耻于与对方交往。只同班里几个有限的男生往来。别人也把他的自卑当成是清高或者不屑，愈增加了他在女生中的令名。直到工作后的几年，他的性格才渐渐改变，渐趋开朗。有女同事示好，他佯作不知。大量的阅读和旅行，令他较一般人视野开阔。觉得自己并不属于这里，迟早有一天会离开。也不想过早陷入到婚姻里去。只觉庸常。因为一直喜爱英语，便参加了一个成人英文班。同班上的几个男女同学混得非常之好。都是单身，或者至少是伪单身，热爱英文，厌恶单调，同样向往在别处的生活。单位又各自距离不远。晚上上完英文课，便一起去外教家里看电视。都是平时看不到的节目。HBO，BBC，CNN，和NGC。周末一起去名叫SIMLLE的咖啡店喝下午茶。也去一家名叫萤火虫的酒吧。喝百威和科罗娜，还第一次喝到了墨西哥的龙舌兰酒。没有加冰块，只觉味道辛辣而香甜。在昏黄的灯光里，听现场的打碟演出。外教是一群鬼佬，男男女女。多来自新西兰，英国，加拿大和美国。其中一个高个子的大胡子，甚至来自伊朗。

年轻人凑在一起，只是为了开心。吃饭，偶尔打牌。只有一个名叫蓝的女孩子对英语依旧执著。渐渐地，天熙不由对她暗生情愫。传闻蓝是一个离过婚的女子。在结婚的第二天便迅速离婚，非常离奇。天熙是双子座男子，向有旺盛的好奇心。并不为这些话所动，继续对蓝抱有好感。她留着少女般的长长头发，一直垂到腰深。喜欢穿粗布牛仔裤和CONVERCE的蓝色帆布鞋。讲话坦率，开心时喜欢大声笑，像男生一样直接用瓶子喝啤酒，唱到王菲和罗大佑的歌时却会默默掉眼泪，情绪不能自控。天熙开始喜欢看到她奋力投篮时被风扬起的黑色长发，喜欢看她一个人在跑道上跑步时的孤单身影。与周围沉闷乏味的人相比，她是那样充满个性。也许她注定要去遥远的异域，现在只是暂时在这片贫瘠的土地上驻足。

蓝的梦想是能够离开这里，去英国读会计。所以在拼命学英语，当然还需要攒大笔的钱。这个大笔，可能是20万，也可能是30万。对于小城普通收入的家庭而言，尚算是一笔大数目。天熙不知道她怎么去凑够这笔钱。也从未问起过。事情发生得突然，是一个大雨天。下班后，天熙在宿舍里呆着，突然觉得有些落寞。他拨通了蓝的电话，说要见她。电话那端是短暂的沉默。那你来吧。她说。语气没有诧异，全然的平静。天熙撑一把青色雨伞，趟着水，穿越过一条两边是银行，邮局，电信营业厅和商场的街道。在蓝促狭的宿舍里，两人吃东西，看电视，漫不经心地说话。目光偶尔碰撞，旋即躲闪。似乎各怀心事。外面雨依旧下得很大。雨点落在窗台的一只空盆子上，发出啪啪的断续声响。院子里有一盆兰草，积

满了水。

晚上两人睡在一张床。他匍匐在蓝的身上，尝试笨拙地亲吻她的嘴唇。她抬头，她的舌头也在探寻着他。抚摸她的身躯。乳房，腹部，大腿，脚踝。她帮助他进入自己。在他的身下幼兽般低低呻吟。瘦而结实，像一个尚未发育良好的女生。天熙，我一直在等你。我已经找了你很久。她幽幽说。他抚摸蓝的长长的头发，散发着好闻的洗发水的气息。即便在黑暗里，他也似乎看到它们闪烁着幽蓝的磷光。仿佛来自大海深处。身体起伏，摇晃，翻转。沉重呼吸。蓬勃的情欲在黑暗里粼粼荡漾，如同大片罂粟盛开。在浩荡的雨声里，两人沉沉睡去。

清晨醒来。一片安静。雨已经止息。蓝坐在椅子上注视着他，神情莫名。他不做声，只为昨夜的莽撞冲动而羞愧。他不敢看她的眼睛。只顾忙着胡乱穿衣服。将丢在床角的白色内裤，长裤，夹克上衣一一套在身上。穿上袜子和运动鞋。慌里慌张，夺路而逃。

情欲纠缠反复。他一直搞不清，到底是自己是爱上了蓝，还是爱上了她的身体。两人见面的次数愈加频繁。他会对蓝讲自己曾经的自卑和他的旅行见闻。这其中包括父亲的事情，那曾经是他讳莫如深的。蓝抚摸他的短发，并且发出轻微喟叹。渐渐他对蓝有了依赖，感觉是彼此的慰藉。

两人开始约会，几乎每天都要见面。有时在他的宿舍，有时在蓝的值班室。一起看电视里的肥皂剧。他为他朗读尼采的《查拉斯图拉如是说》，她凝神谛听，眼神沉静。更多的时间是陪蓝学英语。听录音，背课文，做练习。偶尔两人会小声哼哼罗大佑的那首《闪亮的日子》。我来唱一首歌，古老的那首歌。我轻轻地唱，你慢慢地和。是否你还记得，过去的梦想，那充满希望灿烂的岁月。你我为了理想，历尽了艰苦。我们曾经哭泣，也曾共同欢笑。但愿你会记得，永远地记着，我们曾经拥有闪亮的日子。蓝为来年要参加的雅思考试而忙碌。

某一年的中秋节，他们两人一起过。吃过下午茶，她提议去附近校园的荷塘看荷花。赶到那里，天色已晚，暮色将起。走在林荫道上，她说，天熙，你来帮我拍照片。她则孩子气地摆出各种姿势，或靠在粗犷的白杨树上，脸上娟然笑意。或伫立在一座石桥的栏杆旁，做远眺状。那天，她穿黑色有褶皱的丝质裙子，颈上挂了一串透明的金黄色琥珀项链。

是一方窄窄的荷塘。沿着层层石板台阶可以到达水边。狂风大作，薄薄的凉风吹起黑色裙裾和她的发丝。风里带着凉意。以及新鲜泥土和淡淡荷香混合的气息。风停，大颗的雨滴瞬间砸落。雨水落在层叠的翠绿荷叶上，噼啪作响。白色雾气氤氲回旋，粉红色和乳白色的荷花，柔美花瓣次第舒展开。他们屏住呼吸，凝神谛视。没有言语。穿越眼前景象，仿佛可以到达另一世间秘境。

时间过了一年之久。爱一个人原来是这么美好的事情。天熙只觉有新的能量在他的体内诞生。这是前所未有过的体验。

最后一次的激情过后，蓝没有习惯性地去冲澡。她点起一根烟，站在窗台前。沉默。19楼。几乎是这个小城最高的建筑物了。是夜里12点钟，街上有稀疏的车辆经过。她转过身，天熙，我将要离开。

天熙打了个寒颤，身子一抖。尽管知道迟早会分开，但事情发生依旧令他猝然无妨。

我已经攒到了我需要的钱，签证也已经办好，下周我将要去悉尼。在那里学习一年，然后转至英国。她猛吸一口烟，天熙，我将会想念你。她的眼眸闪亮，蓄满泪水。我离开后，你也许会孤单。在我的心里，你始终是个没长大的孩子。你始终是一个好孩子。她拿着烟的手微微颤抖。第一眼我看到你，便觉熟稔。你的气质和感觉，令我亲切。她笑，如果我是一个男生，也许会跟你有一样的性格。如果我是一个男生，说不定也会爱上你。谁知道呢，也许我们的前世，根本就是同一个人。她眼角的泪水终于滑落。我已经找了你很久，但是现在，我们仍然要分开。天熙，对不起。我知道你还有许多话要跟我说，但是很抱歉，我已经不能跟你一起分担。

天熙的眼里早就蓄满了泪水。泪珠一颗一颗顺着他光洁的面庞滑落。他走过去，轻轻抱住蓝暴露在寒冷空气里的身体。他抚摸她的柔顺长发。喉咙哽咽。他的确有很多话要说。但是一句话也说不出来。他第一次感觉到了绝望，如同被遗弃。

之后蓝迅疾消失。再没有人知道她的消息。手机无人接听，再打，已经停机。他并无蓝的其他联系方式。一场突如其来的爱情，就像从未发生过。蓝离开后的两个星期，小城下了一场前所未有的大雪。纷纷扬扬，持续了三天。一场严重的感冒把他击倒。病愈后，他站在曾经和蓝一道跑过步的操场上。跑道上积雪未散。小径旁的树枝发出咔嚓的声响。手机震动，他收到一条短信息，是一个陌生号码。生命绚烂，我们的相遇注定是绽放其中的烟花。无论道路平顺还是险阻，我们都要继续往前行走。没有署名，天熙知道是蓝。他将信息删除。只觉往事恍惚如梦，如同幻觉。

蓝离开后。天熙变得沉默。工作之外，他愈加花大量的时间跑步。在雨天里跑，逆着大风跑。通过这种方式，他把自己和蓝连接在一起。他也依然想念她，但是克制自己，让自己对她的感情淡漠下去。她离开，他最终也必须把她忘掉。

所以，面对玲。天熙只有保持礼貌性的微笑和缄默。他不知道，这样的故事，如何去讲述。

哪天你迷路了，
记着找这个广告牌就好。kim min jong 很认真对他说。

河内之行 ——3

他终于觉得悲哀。但是无可发泄。想逃离而无处可去。

1 天熙，我带你去河内。

Kim min jong说，他的摩托车就停在院子里。是一辆银灰的日本铃木（罗马名字）。越南的有钱人家多喜欢买日本和意大利的牌子，觉得品质有保证，一般人则多买较为便宜的中国货。Kim min jong并没有马上发动摩托，他注视着天熙，上下打量。天熙有些莫名其妙。不知道自己哪里出了问题。半晌，Kim min jong折身进到房子里。再出来时，手里拿着一顶阔边的浅咖啡色帽子。

我总觉得你身上少了什么。他笑。把帽子紧紧扣在天熙的头上。他帮天熙系好带子，顺手轻轻捏了一下天熙的耳朵。你是客人，我可得把你照顾好了。上车，出发。

拐出了窄窄的巷子，绕过一个剧院。便来到了大路口。路旁有广告牌和高大的树木。广告牌子上，是一个身着传统奥黛（英文名称）的越南女子，笑容可掬地指着旁边的一辆看不出牌子的汽车。经济改革下，购买车的越南人也渐趋增多，甚至不乏名贵的跑车之类。哪天你迷路了，记着找这个广告牌就好。Kim min jong很认真对他说。

他们的摩托车融入到街上的万千辆摩托车中。干燥的空气中弥散着呛人的汽油味道。无论是男人还是女人，一律汹涌而呼啸着前行。蔚为壮观。抱紧我，要加速了。Kim min jong大声说。他提高了马力，速度明显加快。天熙把脸贴在Kim min jong的背上，耳边掠过呼呼风声。

沿途绿荫愈加繁盛，汽车也多起来。40分钟后，终于到达河内的老城区，36条古街。

36条古街呈现颓废而没落的美。那些陈旧的欧式建筑，有的残损，有的保存完好，即便在越南八月的阳光下，也无不散发着忧伤阴霾气息。法国殖民时期的剧院旅馆、市政办公厅、精品店、酒肆、米粉店、杂货铺、网吧、旅舍、酒店，混杂在一起。植物繁盛。长长的藤蔓，从阳台上垂悬下来，似乎伸手即可触摸。浅绿色、白色、米黄色、粉色、蓝色、灰色，建筑物如同调色盘，调处各种吊诡而匪夷所思的色彩。卖各种调料，卖李维斯和苹果仔裤，甚至卖摩托车零部件。

挑水果沿街兜售的当地摊贩，戴着尖尖的斗笠。面颊晒得通红的欧洲人，脖子上挂着单反相机，拎着矿泉水，汲着凉鞋。来自日本、韩国的亚洲人，背了大的旅行包，默默行走。摩托车，汽车，人力脚踏车，偶尔的自行车……喇叭声不绝于耳，喧嚣嘈杂，是世间最繁盛的景象。Kim min jong将车速降到最慢。拐过一道弯，复又行进在另一条巷子里，巷子交错纷杂，只如蛛网般密布，仿佛穿行在时间的迷宫里。

2 吃过加了越南咸鱼的米线，又去了中国驻越南大使馆。

Kim min jong的签证需要续签。密密麻麻的长阵，Kim min jong决定找一家代理公司来帮他办理。短暂休憩后，两人踏上归途。天熙，你开心么。Kim min jong回过头来看他，脸上洋溢着淡然笑意。是，我已经很久不曾这么开心过。Kim min jong满意地转过头去，继续骑行。开始哼唱起他在中国学的中文歌。天熙知道，那是小虎队的《爱》。一首接一首，天熙并不说话，只认真倾听。天熙，你要不要也为我唱一首歌。天熙以《蝴蝶飞呀》来应和他。于是两人就这么一首一首地唱下去。天熙，你抱我紧一些。Kim min jong说。我从来没这么开心过。即便是越南的朋友在一起也从未如此开心过。

天色变得暗淡。浓云陡然从立交桥的另一端涌现。仿佛破土而出的巨大蘑菇。有雨点开始落下来。是雷阵雨，Kim min jong不以为然地说。抱紧我，要上坡了。他猛地把车加快了速度。刚行到桥的最高处，大雨便哗哗从天而降。

天熙对着Kim min jong的背部发呆。他的白色T恤衫早已湿透，几乎能拧出水来。它紧紧贴着Kim min jong的背，勾勒出他宽宽的

肩膀和结实的背部肌肉轮廓。天熙，我给你唱越南语的歌曲。浮萍移白云飘不知归，翘待伊人回，鸟鱼尽散，夜更鼓击声声报辰，心切如焚，何不相见。皓月独挂彻夜。明月已斜，白露落念谁，夜幕退月似谢。弄堂竹影婆娑。汝待为何仍不现。

摩托车在雨中缓缓前行。Kim min jong继续絮絮吟唱，声音忧伤且低沉。日日出望依辽遥。吾依旧待汝。次次回望。何远无期。远方人儿是否记得坐看飞鸟跃天边，何迟不相见。五更心力交瘁。吾依待子。念何人。飞鸟衔对红木枝。远方伊人是否记得，坐看飞鸟跃天边。何迟不相见。

是一首名叫Beo Dat May Troi的民歌。Kim min jong的语气听起来怅然若失。是我爸爸教给我的，这是他生前最爱的一首歌。天熙吓了一跳。现在的父亲，并不是我的亲生父亲。我的亲生父亲已经去世了。他的故事，我以后慢慢讲给你听。

雨势并未见小，地面上早已积起深水。偶有汽车驶过，便溅起大片水花。天熙只觉得身上有股凉意，忍不住打了个喷嚏。Kim min jong转过身，湿漉漉的头发贴在前额上。我们很快就要到了。

他说。

尽管洗了热水澡，天熙晚上依然觉得头昏沉沉的。Kim min jong的妈妈和妹妹去了舅舅家，爸爸出差去了香港，只剩了他们两人。Kim min jong在楼下客厅跟朋友讲电话，聊得开心。天熙只觉困倦无力，故作镇静地上楼。一靠近床边，便倒头下去。天旋地转，仿佛坠入万丈深渊。失去清醒意识。

3 半年后，父亲离开精神病院。

他面色变得红润，滴酒不沾，也甚至很少吸烟。按照医生的嘱咐，每天坚持吃药。不再和母亲吵架，不再乱发脾气，家里突然变得难得的安静。他看电视剧，关注新闻，泡天熙给他买的上等铁观音。下楼散步，去市场买菜，与人打招呼。但是，天熙看到，他的眉宇间，始终有一股淡淡的郁气。

好时光并没有持续太久。他的酒瘾终于发作。某天吃饭的时候，天熙和母亲同时突然闻到酒的味道。父亲若无其事的从沙发旁边拿出一瓶白酒，兀自倒在了杯子里。夹一口菜，径直端起酒杯，一饮而尽。脸上显现出极满意的神情。那瓶白酒，已经快要见底。显然已经喝了有几天。

母亲气得说不出话，愤然离开。天熙也瞠目结舌。他不相信，长达半年的住院期，居然是如此徒劳。天熙夺过酒杯，放在了自己这一侧。父亲忽地坐起。混账东西，他恶狠狠地骂。一巴掌甩在了天熙的脸上。

天熙对父亲有巨大的失望和愤怒，又无从发作。只觉有无限的委屈和痛苦。他抓起酒瓶，用尽全身气力，砸在了地板上。酒瓶爆裂开来，玻璃渣碎了一地。浓浓的酒精味道遍布了整个房间。滚出去，父亲朝他怒吼。像一头暴怒的狮子。

在家里的影集中，有几张父亲年轻时的照片，为数不多。一张是在苏州的拙政园。黑白照片。那时他还在部队当兵，驻扎在苏州。他和几个战友站在一起，穿着军服，戴着有五角星的军帽，个子不高，却是无比的英气逼人。另外几张是彩色照片，在泰山的岱庙，或者是在青岛的海滩上。他或站或坐，神态悠闲而自得。已经从部队转业，且在济南一家大型钢铁厂的供销科担任采购员。拎着黑色公文包，坐着火车，到处出差。他留时髦的分头，穿白色衬衣，系棕色皮腰带，善于讲笑话，到哪里都引起人的好感和注目。有女同事向他示好，也有热心人给他介绍女朋友。但是，他已经结婚，并且有了第一个孩子。他终于经不起别人的撺掇，似乎要离婚。对方是一位领导的女儿。母亲听到若干风声，便急急带了我坐长途车去找他。他对我喜欢得不得了，狠狠抱我，用胡子扎我的

脸。直到把我弄哭。他骄傲地把我递给他的同事们，像炫耀一件玩具。带我去爬山，去看趵突泉，去金牛公园看猴子。我依赖他，甚至晚上睡觉也要跟他搂在一起。他身上劣质烟草的味道，会让我迅速定下来。

他对母亲虽不离不弃，却似乎也一直不咸不淡，感情并不浓郁。两人一路磕磕绊绊地往前走。他却始终觉得母亲是拖累他误了大好前程的人。母亲曾经长时间生病，非但没有引起他的同情，反而令他厌烦。他喜欢包饺子。固执地以为吃饺子是最隆重珍贵的饮食。无非是韭菜鸡蛋，茴香猪肉，芹菜猪肉。难得花样翻新。但他乐此不疲。其实，除他之外，家里人没有再对饺子感兴趣。他兴致勃勃地和面，擀皮。她调馅。味道稍不顺他的意，便惹他的责骂。

直至后来，他为了我们有更好的生活条件，和别人对调工作，以求为家人谋得一个城市户口。那个年代，户口是多么重要的事情。我们离开乡下，来到城里。他却不得不改行去做了厨师。那曾是最令他不耻的卑微工作。他的生活渐渐变得隐忍与妥协。我和弟弟长大，他的脾气也愈加恶劣。不再跟原来的同事和朋友联系，他把自己封闭了起来。开始喝酒，撒酒疯。也许是为了消除工作的劳累，也许是为家人付出的太多，令他觉得毁掉了自己的生活。他有了酒瘾，开始借酒消愁。潜意识里，他似乎是怨恨我们的。

最不堪的一次是，我还读初中，弟弟读小学。他喝了太多酒，和母亲吵架，一拳捣破了门上的玻璃。鲜血直流。母亲吓得腿软。他却不由分说，把我们母子三人赶出了家门。母亲牵着我和弟弟的手，站在街上。除夕之夜，大雪扑簌簌落下。我们无处可去。母亲只有讪讪敲开前院邻居的门，暂时栖身。

Kim min jong，这些成长的阴影，根深而蒂固，我不知道如何将它们消除。也无从诉说。

酗酒，忧郁症。在精神病院的长达半年的精神康复，都没有令他戒除掉酒精依赖症。他似乎已经看透了一切，又懒得理会一切。他一直生活在巨大的失望里。对自己的失望，对家人的失望。

而我亦不知，自己对父亲的态度，究竟是爱多一些，还是不爱多一些。不爱，并不等同于恨。是淡然，是漠视。甚至辞掉工作，我也是先斩后奏。他无论如何是不会答应让我辞掉工作的。

我辞掉工作。不想让自己成为父亲那样的人。更不能重蹈他的覆辙。做自己想做的事情，过自己想要的生活。这也许是一个冠冕堂皇的理由。父亲是我的一面镜子。这面镜子里，映射出了我的自私。我不能如父亲一般牺牲自己，向生活和家人做出妥协。我希望能有新的选择。尽管它指向未知，充满险阻。但是，也要执意向前。

4 天熙在半夜里醒来，浑身发热，汗水濡湿了身下的凉席。

窗外依旧是哗哗的雨声，他的意识逐渐清醒。但是头疼欲裂，他觉得自己要爆炸开来。天熙。天熙。他听得到有声音在耳边轻轻叫自己的名字。勉强睁开眼睛。模糊的视线里，他只看到一个熟悉的身影，泽。

他只身来到北京，开始自己的另一段生活旅程。临行之际，手里只握着一张车票。行李是一台笔记本电脑和行李箱里的几件衣服。父亲尚在睡觉，母亲去车站送他。他怜惜地看她。她已经开始微微发胖，此刻白皙的面容因为担忧而蒙上一层愁苦的阴影。眼角的皱纹和略显青黑的眼袋，都说明她昨夜的未眠。他知道自己的盲目对她的伤害。或许在她的心里，他不只是离开，更是近乎一种残忍的抛弃。她性格软弱，善良，遇事动辄掉眼泪，惯于逆来顺受。辛苦工作，勉力支撑这个家。他对她感情复杂，爱里夹杂着同情，甚至是轻微的怨恨。他恨她的持久忍耐。他看到了她多年的隐忍，觉得生活对她不公，但又无可奈何。令他也感觉婚姻的晦暗与庸常，让人陷落其中，不见光亮。因而不想太早涉足。他抱住她的肩膀。安慰她。说好只是相隔千里，不算太远。加之交通便捷，他可以随时回来。

他上车。坐在靠窗的座位上。车里已经坐满了人。他隔了脏的窗玻璃看她。玻璃上一层雾气。她依旧站立在原地，没有挪动脚步。车子缓缓开动，他没有向她挥手告别。她也没有，只是不断用手擦拭自己的眼睛。他看她的身影模糊并变小。没有眼泪，但他的心里异常难过。并非第一次出远门，只是这一次的离开，他自己也感觉到了内心的决绝。

知道前方路途遥遥，充满叵测。并无任何人的指点和提携，他只怀着盲目的憧憬前行。一边租房子，找工作，一边重新开始在位于CBD的一家英文培训机构上课。看到这座城市的日夜繁盛，他心里充满某种喜悦。似乎有新生的力量涌现。他觉得自己已经是它肌体的某一道毛细血管或者是肌肉组织的一根纤维。

最初的生活充满辗转动荡。搬家，总是搬家。某年秋天时住过的一所房子，窗外是一棵柿子树。枝叶渐趋凋零，只有两枚鲜红的柿子。还有一所房子，楼下有松树。冬天，皑皑白雪覆盖在树上。不远处有结了冰的护城河，有人在冰冻的河面上滑行。曾经住过一条胡同，巷口有老的

理发店，餐厅和冷饮店。夏天路过时经常买一种苏打加盐的汽水喝。房子里有古旧仄仄的木质楼梯。早晨隔壁的八哥和鹦鹉开始模仿人说话。打开窗户，能看到一群群灰色白色的鸽子扑棱棱飞过。也曾经买来盆栽的大棵蕨类植物放在房间里，臆想它们是幽暗丛林，盘根错节。

并非一帆风顺，问题重重，但在心智上他已做好准备，所以并不觉得苦。碰到事情，也只一个人默默承受。不会对任何人讲述，即使是对家人和朋友。他一度喜欢乘地铁。坐在地铁里，看那些不断上车与下车的人。地铁里大多沉闷。人们坐在座位上，无所事事。用手机收发短消息，双目失神地想心事，看浅薄的娱乐八卦杂志，闭目打盹，或者歪了脑袋入睡。有穿蓝白色校服的男孩子背双肩背书包，用PSP看日本动漫。金黄头发的鬼佬女孩子看厚厚的西班牙文小说。戴耳麦的外文系女生对着空气讲电话，神情夸张而自得，仿佛演舞台剧。也会有衣着邋遢的男子推销无人问津的过期时尚杂志。他的眼神充满渴望，得到的只是漠然。每个人都有各自的骄傲和各自的卑微。然而同样的心怀渴望。

随着每一次搬家，他的境况逐渐好转。终于有机会做自己曾经梦寐以求的媒体工作。出入这个城市最繁华的商圈，约见嘉宾，采访，写稿，编辑版面。他得到诸多人的赏识和认可，薪酬和职务亦是水涨船高。亦开始接触到另外一种人生。镁光灯，高级酒店，频繁的飞机出差，偶尔乘坐商务舱。参加名流俱乐部活动，品牌发布，盛大的派对，会面精英人士。一时间，喜乐常鸣，花雨满天。

生活正亦以某种崭新的姿态出现。他其实并无任何野心和企图，只觉能过自己想要的生活，已是莫大满足。

5 在一次品牌活动的派对上，他遇见了泽。

泽穿了黄绿色的运动套头衫，手里端着一只高脚红酒杯。他的服装与周围清一色的西裤、白衬衫及黑色小礼服形成强烈对比。但他不以为然，神情怡然。干净，清爽，没有浮躁和自以为是。初见到泽，他只觉似曾相识。看他的眼睛，天熙的心里顿觉凛然。那是一双酷似蓝的眼睛。他强迫自己忘掉蓝。她也的确不曾再在他的梦里出现过。天熙，生命是一场持续的相聚和告别，你要学会适应。他记住蓝曾说过的话。

泽端着酒杯径自向他走来。我们应该见过面。他跟天熙碰杯。将杯子里的酒一饮而尽。

泽年纪轻轻，却已经在一家有名的国际广告公司做事情。讲得一口流利的英文，日语也不错。他出身广告系，策划一流，文字也很了得。曾经获得过台湾的一个写作大奖。第二次见面约在了五道口的一家韩国餐厅，两人已如交往多年的旧友。他告诉天熙自己养了两只猫。每天诵读《地藏菩萨本愿经》。周末去公园练太极。空闲时背了包去不同城市旅行，只是小住几日。喜欢去海边，尤其是在冬天的时候。他曾在一个冬天去到胶东半岛看海。正赶上一场有史以来的大雪。他站在海边礁石旁，大海寂寂无声。青色海面上雪落纷纷。没有渔船，没有游人。时间不再流动，只感觉到天地间的恒久静谧。一种孤寂的大美。

6 后来呢。

Kim min jong问。他用酒精濡湿的毛巾给天熙擦拭身体。这样，退烧会快一些。他在天熙身旁躺下来。

越南内战中，我的祖父是属于南方亲美的一派。后来终于被投入监狱。——那个时候，许多南部的人被投到监狱里去，他们每个人都有自己的故事。祖父在监狱里经常为食物而斗争。那里面有老鼠，蜥蜴，但是实在没有其他可吃的东西。除了每个人分配到的极少的食物。所谓食物，亦大多是水煮的土豆。每隔两个月家人可去探视。我的祖母便想办法给他带一些大米进去。然后，祖父便偷偷在监狱里煮米饭。——如果被发现，就会受到严厉的惩罚。

直到1983年前后他出狱。设法移民到了加拿大。但他在西贡留有一所房子。那座房子有着长长的木质檐廊，打过蜡的地板在日光下闪闪发光。院子里有一个喷泉，我小时候经常在旁边玩水嬉戏。那时，我的爸爸妈妈已经在河内工作。我便和婶婶住在一起，住在外祖父留下的那座大房子里。祖父经常从加拿大为他们寄一些时髦的衣服和玩具回来。婶婶是个好裁缝，亦经常为我做各种衣服。小时候穿过的一件浅紫色睡衣，我至今还保留着。

在城里我们住一个小的房子，很多中产阶级家庭都聚居在那边。我的爸爸是一个珠宝设计师。后来把乡下的房子卖掉。我进入教会学校。只是有两个老师非常暴戾。经常用竹片打我的手心。学校里有一个小小的房间，里面全是老鼠。房间很黑，完全不透光。如果不听话，就会被推进这间黑屋子，待半个小时。有一个同学犯了错，被老师关进小黑屋。他异常恐惧，大声哭喊。出来的时候，脸上挂着惊恐的表情。脸色苍白。午休的时候，他不睡觉。躺在小床上，跟同样不睡的小孩子来聊天。

那所房子远处有一个小镇，没有铁路到达。镇上的许多人因为贫穷，终生都生活在船上。是那种很大的敞篷船。上岸时，他们亦都不穿鞋子，赤着脚在地上走来走去。在镇上祖父有一座木头房子。我喜欢去那里玩。高耸的屋顶上有很多洞，睡觉的时候，便有光线从洞里射进来。雨天时，雨水便一滴滴落进来。住在那里，会更经常听到到屋后河流的阵阵蛙鸣。所以印象深刻。

穿过河流。有一个水上市场。河水暴涨时，非常危险，但人们已经习以为常。他们生活贫穷，但脸上的神情却总是很快乐。满溢的河水上涨，冲上堤岸。人们便不顾危险，争抢着抓拾水里的鱼。

8岁的时候，我开始学习空手道。下午六点到晚上八点去武馆练习。从不觉得劳累，似乎有无穷活力。经常做白日梦。我曾经养过20条不同的金鱼。其中有几条是斗鱼。结果这些鱼最后统统死掉。亦养过一只日本的金毛犬。隔壁有一个跛子，每天习惯带着尖尖的斗笠。我们动辄嘲笑他，向他扔石头。

他转过身，幽幽叹一口气。天熙，我的生活一直很快乐。直到父亲出了一起车祸。生活完全改变。后来，我和妈妈搬到河内，和现在父亲住在一起。然后又有了妹妹。

7 泽开始打电话给他。

临睡觉前，或者早晨醒来的时候。讲述一天的工作。或者开玩笑。甚至沉默。似乎只为让他感受到自己的呼吸。天熙有隐约的不安。见面时，他会偶尔躲开泽直视的眼神。那像一个巨大的漩涡，随时会把他吞噬。

如果我是一个男生，也许会跟你有一样的性格。如果我是一个男生，说不定也会爱上你。蓝说。来到北京，天熙只顾一路向前奔波，极少想到感情的事情。母亲催促，他也多以工作忙为借口应对她。对于性事，他的意愿亦非十分强烈。长久独处。而泽的出现，让他看到了另外一个自己。他与泽，亦多心有灵犀，仿佛一体之两面。

泽的性情，既古老且天真。热爱一切，却又散发倾颓之气，随时可以毁掉一切。工作于他，如同游戏。约见客户、搜集市场信息、构建数据库、为客户提策划方案，尽在他的掌控之中，不需花费多大气力。他偶尔任性，看似任意而为，进退分寸却拿捏得恰到好处。他上一分钟嘲笑天熙的老派保守，下一分钟马上讨好般地问他晚上愿意去那里吃饭。刚刚离开MIX和美高梅之类的声色喧嚣场所，坐在出租车里，他又信誓旦旦说要赶紧回家抄写一遍经文。

他看不惯时尚圈子里人的轻浮，认为他们浅薄并一无所知。但是，他又乐意在各种可能出现的派对上出现，似乎只是为了见证他们的清高嘴脸和愚不可及。谈起他的两只黑色暹罗猫，他倒是充满爱怜。而在天熙眼里，他才根本就是一只猫。

两人开始经常见面，天熙只觉有无可言说的暧昧。他与人的关系向来疏离。泽倒兴致勃勃，无所顾忌。他带天熙去新源里的农贸市场。几乎要去拉天熙的手，天熙窘迫，恨不能揍他。泽似乎是这里的常客，他同每一个摊位的老板攀谈。两个小时过去，两人铩羽而归。几乎要把市场扫荡一空。猴头菇。花菇。姬松茸。虎掌菌。野生竹荪。松茸。香荪。牛肝菌。每样都来一点。买了八只铁质蛋糕托儿和杏仁，泽说回去做蛋糕的时候可以用到。他拿了一瓶西西里柠檬汁，说这是上好的沙拉调汁。又顺手抓了一瓶西班牙的盐水去核黑橄榄。许多香料的味道天熙闻起来都差不多，泽却嗅觉灵敏，会迅速分辨出是罗勒叶还是迷迭香。

天熙目瞪口呆。世界是由食物组成的，区别只是好吃与不好吃。我吃，故我在。泽时常卖弄他的人生哲学。他说，只有食物才能给自己带来安全感。他的父亲一直在做生意。起步艰难。泽13岁的时候，家里的经济情况愈加好转，有了自己的贸易公司，在郊区有两个工厂。但是两人开始争执，为父亲的夜不归宿，并且长久消失。他的父母终于离婚。他们为财产分割而大打出手，母亲用精心保养的涂着丹寇红的长指甲划破父亲的脸。鲜血顺着父亲的脸一道道流下。父亲则在一怒之下一拳将母亲打倒在地。全然无暇顾及泽缩在一旁的惊骇与哭泣。尽管他是他们唯一的儿子。母亲脖子上的珍珠项链被扯断，银白色珍珠一粒粒劈劈啪啪撒在地板上。像庸俗的电视剧剧情。泽面无表情的回忆。

两年后，他们又各自结婚。泽被送入收费昂贵的贵族私立学校。他成为沉默，孤僻，眼神冷漠的孩子。和同学打架，顶撞老师，考试作弊，学习抽烟，交女朋友。数次违反校纪，叛逆而乖张。放假的时候，他去母亲在上海的家和父亲在北京家。但是都感觉莫名的紧张，并且觉得陌生。对于他们，他如同一个多余的人。父亲和母亲对他淡然，那些弟弟和妹妹，更视他为敌人。

他终于觉得悲哀。但是无可发泄。想逃离而无处可去。一个人呆着只能大量地吃东西，来弥补内心的情感缺失。吃完东西，会去拼命做运动。像得了强迫症。如是反反复复，折磨自己。他在食物中获得满足。蛋挞，慕斯，黑椒牛扒，马赛鱼羹，以及各式甜酒。他说，天熙，世界是寒冷和残缺的，只有食物才给我温暖和慰藉。18岁生日那天，父亲送他一套位于昂贵地段的房子。他从此真正有了自己的空间。在厨房里他放了两个大容量的冰箱。打开来，里面随时堆满食物。巧克力，果酱，燕麦片，牛奶，水果罐头，水果，牛肉，各种青菜，甚至咖喱粉和鱼丸。饿了的时候，可以随时吃东西。

他也早习惯了一个人入睡。宽大的床，他睡在中间。左侧身。头或前额要顶到床栏。要不背要贴到墙上，突起的脊椎抵住墙壁。左右手合实被大腿夹住。身体弓成一团，小到不可以再小。然后偶尔伸脚触碰到被子里没有温暖的地方被一下子冻醒。有时候会醒来好多次。有时候会连续做梦。某一天惊醒后，忽然发现这个姿势睡了好多年。

高中毕业，他被父亲送至部队。严酷的环境与强化训练，令他体魄健壮。不像从前动辄生病。但手脚生满冻疮，奇痒无比。训练时会受伤，在胳膊上留下层层血痂。他躲进洗手间狠狠将结痂撕掉，拧开水龙头用冷水冲洗。推开洗手间门出来的时候不允许有眼泪和疼痛存在过的痕迹。没有家人电话，更鲜有包裹寄来。其他战友收到家人的来信或者包裹时往往欢

天喜地。泽内心羡慕，同时感觉痛楚，但表面上依旧若无其事。只会默然走开。承受与年龄不相称的煎熬，更令他终于学会静默和克制。也适应了内蒙古阿拉善地区戈壁滩的寒冷与荒凉。他偶尔看镜子里的自己。眼神疲惫，却愈加坚毅。甚至接近某种偏执。

两年后，离开部队，再度回到北京，他的生命已经不同。已经可以控制自己，努力读书，他本来天资聪颖，轻易地考入一所名牌大学。他表面看起来与普通大学生无二，但是心智发育早已远远超出他们之上。习惯去一家名叫苏豪的酒吧。喝到醉醺醺，会带不同的人回家。多是酒吧里邂逅的陌生人女人或者男人。他与他们的身体纠结缠绕，只为获取一份肌肤相亲的温暖。一次过后，极少再保持联系。他知道自己内心仍有巨大的空洞，无可填补。

没有飞升，亦没有沉坠。他只是在世间徘徊流浪。日复一日。一天夜里醒来。一个人趴在窗户上向外看。街道静寂。靠在阳台的玻璃窗上抽烟。突然间感觉胃疼。应该是暴食暴饮的缘故。他想找个人跟他讲自己的胃疼，想让人知道他现在的难受。但是掏出手机，密密麻麻的人名，他并不知道打给谁。只有跟往常一样狠狠敲打腹部。但这次，不知道为什么流泪了。没原因地止不住地流。

泽若无其事地对天熙讲述这些。仿佛与己无关。

天熙在心理上渐渐接受了泽的存在。某一天，他只是顺手送给泽一瓶阿玛尼黑钥石面霜。因为自己从来不用这个，放着只是浪费。泽则大为感动，特意去买了海盗船（英文名字）的一条价格不菲的银链子给他。天熙向来不喜欢那种类似以物易物的交流方式。

执意不收。但两人情感终日渐丰厚。下班后，泽会约他去吃哈根达斯。吃日式笋尖拉面。偶尔去H&M和C&A买衬衫和袜子。去国贸地铁口买盗版碟。甚至计划明年5月份去大觉寺。看玉兰花，吃素食，在寺院里住一天。虽则那一天终究没有到来。

8 但天熙仍不能确定自己对泽的感情。

那令他恐慌。仿佛置身流沙，周身陷落而无所依傍。他不明白泽何以对自己如此之好。泽甚至会嘲笑他的愚钝。但大多数时候，两人相处时，他会严肃地盯着他看。审视，猜测，质疑，思虑重重。周末的时候，他跟泽见面的次数亦越来越多。一起去楼下的健身房去游泳。或者在房间里看碟子。泽的房子总是凌而不乱，有条有理。客厅里有健身器材，跑步机，哑铃。书架上摆着经史子集，流行小说，管理学和莎士比亚。绿色藤蔓植物层层叠叠地蔓延。一只北欧设计风格的巨大白色照明灯，散布动静相宜的气息。

连日加班，天熙持续上火。牙齿开始疼痛。他一开始并不在意。不想半夜里却被疼醒。这是从未有过的事情。他抓起枕边电话，拨通了泽的手机。我的牙齿好痛，他艰难地说。我马上打车过来。二十分钟后，两人已经坐在了出租车里。满大街地寻找药店。但是已经没有药店在营业。天熙疼得冒汗，本能地紧紧抓住泽的手。你不如一拳打晕我。这句话启发了泽。坐在泽客厅的沙发上，泽让天熙伸直了胳膊，自己则用力按压天熙手掌的虎口。天熙疼得几乎要叫出来。这可以减轻你的牙齿疼痛。十数分钟后，也许是心

理作用。也许是泽的按压起了效果。牙齿的疼痛似乎减轻了不少。他趴在床上困倦睡去。醒来时，已是清晨。他的身上盖了一张毯子。泽已经做好早餐。音响里播放着维瓦尔第的《小提琴协奏曲之夏》。餐桌上两只绘了青花瓷的盘子。全麦面包片上已经抹了黄油。两杯鲜榨果汁。一份有洋葱和莴笋拌的蔬菜沙拉。淋了一层橄榄油。两只猫蜷缩在沙发上，尚未睁开眼睛。窗外是一片明晃晃的阳光。

天熙请泽看电影。主角之一是他曾经访问过的一位明星。曾经因为私生子事件被媒体纠缠不休而备受困扰。天熙同这部电影的编剧亦是熟稔。UME的4号厅，E排11座和12座。是中间略靠前排的位置。电影在9点20分开始。电影演出不到一半。黑暗里，泽试图去抓天熙的手。天熙轻轻推开，他又伸出。天熙的鼻翼几乎要渗出汗来。只好任由泽将自己的手抓在手里。泽抚摸他的掌心，细细捏玩。偶尔故意用力掐他的手指，天熙便咬紧牙齿。以免自己发出声响。他用眼角余光去看泽，泽的脸上浮现得意而狡黠神情。

泽的客厅里有一架钢琴。每天下班回来。无论多晚，他都会弹三十分钟。十岁的时候，他曾经很羡慕同学可以去上钢琴辅导课。回来向父母提及，无人理会他的请求。工作后的第一年，他攒了薪水拿来买了一架YAMAHA钢琴。他请了钢琴老师为自己授课。已经可以熟练弹奏宫崎骏动画片里久石让演奏的《天空之城》和理查德克莱德曼版本的《绿袖子》。天熙，我会很快为你弹奏《闪亮的日子》。泽坐在钢琴椅上，回过头来说。泽知道天熙喜欢《闪亮的日子》，却不知道蓝。他从未告诉过他关于蓝的故事。

归根结底，旅行还是一个人的事情。

城市边缘 ——4

探究一座城市的本质，如同探究一个人的思想和灵魂。

1 归根结底，旅行还是一个人的事情。

发烧好后，天熙自己又去了一次河内。他坚持乘坐越南当地的公交车，不打出租，不要Kim min jong骑摩托送他。Kim min jong的妈妈极不放心，唏嘘感叹，仿佛乘公交车极其危险。于是Kim min jong只好交代他若干细节。并且写在一张纸片上，塞进天熙的钱包。譬如提前准备好零钱，越南的公交车统一票价是3000越南盾。普通越南米线的价格是七万五千越南盾。高于这个价钱，你就不要买了。不要随便相信陌生人，有事情打他的电话云云。诸事交代完毕，方骑摩托车去找他的新任女朋友。

他的新任女朋友天熙见过数次，尚在高中读书。十八九岁的年纪。发如青丝，绾在脑后，系成一个大髻。眼眸清亮，神态宛然。白衣黑裤的素朴学生装扮掩饰不住窈窕身材。说话时轻声言语，往往未语先笑。Kim min jong曾带天熙去她家里做客。在繁华位置的静僻住宅区，家境亦是颇为殷实。院子里养了一只灰白色毛发的狗。有客人来时，便汪汪直叫。见到Kim min jong，则百般亲热。任由Kim min jong抚摸它的脑袋。后来才知，这只狗是Kim min jong送给她的生日礼物。

Kim min jong女朋友的父母亦是极热情的人。亲自做越南传统的生牛河，越式虾沙律和酸辣汤招待他们。她的母亲把牛腩，牛骨，香茅和白胡椒放入锅里煮。香气四溢。临上桌时，又佐以番芫茜、芽菜和越南辣椒。最后挤一片青柠檬汁。越式虾沙律则以煮熟的大头虾为主，配以切片的青瓜和番茄，用香茅和薄荷调理味道。做酸辣汤时则以新鲜的生河鱼为汤底，加入虾膏和蟹膏，再佐之以切成薄片的番茄和切成小块状的辣椒，数十粒腌渍好的红黑色酸梅。最后加入少许红酒。她的父亲喝当地产的白酒，天熙和Kim min jong则喝啤酒。不断的碰杯，直到天熙头晕脑涨。

越南的公交车破旧，周身肮脏。似乎开了若干年都不曾换过。然而每一辆车里都装有空调。人们的穿着亦大多不太讲究。戴斗笠的农民，穿校服的学生，拎着塑料袋买东西的家庭妇女。大多肤色黧黑，但是面容平和，态度友善。他们向天熙投来好奇的目光，盯着他看，但很快又会将视线移开。

天熙下车换乘另一班车。刚下过一场雨，路面上仍有积水。天熙站在剥落油漆的站牌下，上面似乎并没有自己要去的地方。他用英语向身旁的一位学生样的少年询问。他也正在好奇地向他打量。

眼神透明，流露出少年人的纯真。白色衬衣扎在黑色裤子里，衬托出挺拔而结实的腰身。我们去同一个方向，你跟我上车。他说。越南雨水真多，天熙说。像中国的南方。那个男孩点头微笑，露出洁白的牙齿。天熙暗想，少年时代的Kim min jong，或许就是这个样子。

三十分钟后，车子到达Hogam Lake湖。天熙向男孩道谢。两人微笑着告别，各自向相反方向走去。天熙绕Hogam Lake湖漫步。旁边的广场上瘦弱的少年胸前抱了厚厚一摞书在卖，是流行的英文小说和LP的旅行指南书。强烈的日光暴晒，令他肤色黝黑。先生，买一本吧。他追到天熙身边，用恳请的语气说。旁边一座精致细长的建筑物，蔷薇花繁盛，多是粉色和白色，绕满围墙。是越南最负盛名的升龙水上木偶剧团（THANG LONG WATER PUPPET THEATRE）。天熙并无兴致观看木偶演出。他经过教堂街的PARIS DELI咖啡店，露天的座椅上坐满了游客。天熙缓步进入，找了张空桌子坐下来。

2 Kim min jong 此时在做什么。

天熙想起他骑摩托离开时眉间的一抹忧郁。同所有的当地男人一样，Kim min jong也喜欢去各种大大小小的咖啡店。最简单的，只是在湖边或者榕树下放一张方桌，两把椅子，一碟原味西瓜子，两杯冰咖啡。可以打牌、聊天、抽烟、嗑瓜子、看报纸。有卖水果的人经过，还可以要一份甜芒果，蘸了少许细盐或者辣椒粉吃。味道极为独特。

外面阳光眩目刺眼，咖啡店内却是光线幽暗迷离。虽然客人多，但侍者们却仍是不慌不忙，神情悠然。短头发的女服务生漫不经心地取出新出炉的长条法棍，穿白色衣服的男服务生则不时为客人的咖啡杯里加冰块，或者送上一份甜品。脸上始终保持微笑。客人们抽烟，聊天，各种语言交汇。吧台前侧，两个金发的女孩子在兴致勃勃地玩桌球。吊带裙。露出晒得通红的脖子和肩膀。不时发出惊叹和大笑声。旁桌的几个年轻鬼佬，应该是在做自助旅行，正热烈谈论他们的行程安排。

喝完一杯黑咖啡，天熙到了河内市中心。胡志明广场的旁边有一座小小的庙宇，名字叫Chua Mot Cot。庙宇旁边则是一鉴方方的水塘。水里有各色锦鲤游来游去。石龛的佛像前，香火正旺。天熙点了几炷香。双手合十静默。

天熙是在一个早晨接到的电话。他的父亲在深夜里跳楼自杀。直至清晨六点钟左右才被晨练的人经过发现。是父亲的抑郁症发作。因为昨晚在为杂志社赶一篇采访稿子，他睡得很晚。并没有任何不祥征兆。接到电话的那天，是晴朗的秋日。天空出奇的蓝。他感觉心里顷刻产生巨大的空洞，并且感觉茫然。他并不以为这是真的。

那扇窗户，正在天熙的房间。北向的房间。绿色的门，是若干年前搬家时父亲和他一起刷的亮光漆。米黄色的书架和写字台。书架上一排排的书。写字台上有天熙读中学时地理课上使用的地球仪。他收集的若干贝壳。鹦鹉螺。斑凤螺。海螺，甚至有牡蛎壳

和普通的文蛤。他迷恋贝壳的条纹肌理和纷繁多变的颜色。一张大席梦思床靠在墙壁一侧。墙上贴着篮球明星MIKE JORDAN的大幅贴画。像所有的男生一样，他曾是天熙的偶像。为此，他曾在大学里狂练篮球。中午的时候不午睡，一人拿了篮球在球场上练习投篮。跳投，中远投，跑步上篮。一个深棕色床头柜。里面放着平时不用的杂物。

窗户靠近马路。路旁有时堆放着垃圾，等待清洁工人的处理。偶尔会有无家可归的野猫过来觅食。毛发脏而粗糙。马路旁边是一个小小的街心公园。大人可以散步，小孩子在里面滑旱冰。嬉戏，或者追逐。白天的时候，路边会经常聚集着一批和父亲一样已经退休的人。他们扇着蒲扇，在树下或者楼道前打牌，下象棋。输了的一方甚至会面红耳赤。有人去郊外河边钓鱼回来，戴着草帽和水壶。自行车筐里放着渔网，后面的水桶里是活蹦乱跳的战利品。也有人在黄昏的时候拉二胡。边拉边唱，自得其乐。

夏天的时候，路灯会亮到夜里。秋天，灯熄得早，人们都早早回家睡觉。父亲在夜里跳楼，并没有人听到任何声响。彼时，母亲正在上海。天熙打电话过去，弟弟的妻子过几日即将临产。天熙向单位请假，径自飞到上海。他要接母亲回家。母亲和弟弟见到他，极是惊愕。他向他们隐瞒父亲已经去世的消息。只是故意轻描淡写地告诉他们，父亲生病，身体不舒服。需要母亲照顾几日。他忍着眼泪，向他们解释自己的来意。语气轻松，脸上带着笑意。临走，他给弟弟留下一万块钱，说是父亲让他给的，他们可以买些营养品和小孩子的用品。

母亲心脏不好，不能坐飞机，只有坐长途汽车回家。显然，母亲在弟弟家并不是十分开心。路上，她先是抱怨儿媳妇儿如何背着弟弟对她发脾气，并且指桑骂槐。这令母亲感觉难堪并委屈。但是母亲的话题很快转转移到父亲身上来。他没什么事情吧。她小心翼翼地问天熙。表情紧张不安，眼神里有一丝恐慌。天熙帮她揉因为长时间坐车而肿胀的小腿。真没事。天熙带着轻松笑意安慰她。母亲半信半疑地点头。

天熙真想大哭一场。但在母亲平安到家之前，他必须保持情感的麻木，不能让母亲发现一丝端倪。母亲喝过一杯水，在颠簸中睡去。天熙注视着她，微胖的下巴，面庞依旧白皙，但是并不舒展，笼罩着一层薄薄的愁容。眼角皱纹堆叠。即便已经睡着，她的眉头依旧紧锁。显得忧心忡忡。可怜的母亲。她并不知道，自己已经失去了丈夫。天熙也并不知道，接下来的生活，会是什么样子。

母亲终于似乎有了预兆。到了楼道门口，她脚步蹒跚，几乎站立不稳。她狂乱呼喊父亲的名字，并且开始号啕大哭。声音凄厉而喑哑，仿佛胸口被巨大石头压住一般。听到母亲发出如此声音，天熙只觉惊怖无比。开始陆续有人从楼道里走出来，都穿黑灰的衣服。臂上带着黑色袖套。天熙认得出来。是乡下的亲戚。他们几乎是把天熙和母亲架到了三楼。

客厅里，烟雾缭绕。父亲习惯坐的黑色沙发上挤满了人。亲戚，父亲为数不多的朋友，不知从哪里得来的消息，都匆匆赶来。父亲单位的领导和同事，邻居。每个人都满面哀伤，眼里都蓄着一层薄薄的泪水。他们感叹父亲的去世，小声议论，讨论父亲后事的处理办法。天熙的房间被布置成灵堂的模样。所有鲜艳的颜色都已经被去除或者撕掉。墙上面对着镜头咧开嘴巴笑并且自信满满的MIKE JORDAN不见了，只留下贴画未被撕尽的一角。写字台变成了祭台。父亲一张被放大的黑白照片用黑色挽纱挽起。两侧点着白色蜡烛，中间的香炉里燃着几只香，徐徐冒烟。地板上是一只褐色盆子，里面是烧过的黄表纸的残灰。一个高个子的妇人走进来。她眼睛红肿，神色沉静。来，天熙，给你的父亲磕头。她低声说。

天熙对着父亲的遗像，重重地磕头。心里是无可描摹的疼痛。他想哭，但始终哭不出来。他对她说，我想跟父亲呆一会儿。她拉上窗帘，又轻轻把门掩上，走出房间去。天熙躺在地板上。脸朝向父亲遗像的方向。照片上的父亲在微笑。是他年轻时的模样。天熙心中无所想，只是觉得困倦劳累，分外疲惫。他身上还是在北京穿的那套衣服。黄色与白色相间的圆领长袖T恤衫，已经磨出了丝丝缕缕的毛边。洗得泛白的牛仔裤。脚上的白色匡威运动鞋。只是鞋头处已经变成了灰黑色。天熙躺在地板上，只觉得跌入深渊，身体一直在不断陷落，陷落。

他见过死亡。在电视里，电影中，小说里和生活里。通常，人们有各种各样的死法。更多人死于车祸，飞机失事，轮船沉没，地震，龙卷风，海啸。川端康成用煤气，海明威用猎枪，三岛由纪夫用武士刀。但是父亲算什么呢。他有什么理由杀死自己。高中一年级时，天熙的一位好朋友宇的父亲脑溢血，死在家里的沙发上。天熙去探望宇，或者说是去安慰他。夏天的中午，闷热，宇依旧睡在蚊帐里。宇的妈妈开门，有气无力地跟他讲话。把他带入宇的房间。他坐在宇的床边，听宇的沉静呼吸。他额头上渗了一层汗珠。天熙探下身去，替他轻轻把汗抹掉。宇睁开眼睛，抓住他的手，坐起来。宇定定注视着他的眼睛，并不说话，泪珠一颗颗跌落下来。他像大人一样，轻拍宇的肩膀。宇的肩膀在轻轻颤抖。

3 没有了时间的概念。

似乎只过了一会儿，又似乎过了许久。他在迷糊中被人轻轻推醒，天熙，去看一下你的母亲吧。于是他去到母亲的房间。她在床上躺了整整两天，滴水不进。似乎已经没有力气再号哭，只是发出低沉而憋闷的哀叹。那声音发自温暖而深厚的胸腔。她一直不能接受丈夫已经离开的事实。眼泪一直没断过。他推开守护在母亲床边的女眷，趴在母亲的床上。天熙看她的脸，苍白，瞬间消瘦。两腮居然塌陷下去。他的心都要碎掉。母亲身上盖了一层薄薄的被子。她看着他，眼神哀伤，表情无助而凄惶。天熙脱掉鞋子上床，和母亲并列躺在一起。他转过身抱住母亲，母亲瘦削的身体在他怀里瑟瑟发抖。

他突然想去看看父亲的肉身。他依旧被存放在医院寂静的太平间内。但是被他们反复阻止。他们说，天熙，你不可以去那里。他只是觉得父亲呆在那里会孤单，会害怕。父亲后来变成了一个暴戾却又胆小的人。尽管他年轻时曾经在部队呆过，当过兵，并且看押过监狱里最凶狠的犯人。天熙觉得自己应该给父亲送两包烟，或者两瓶酒。他的烟瘾和酒瘾都那么重。现在，他也许还想喝一杯。

天熙并无太多时间去安静地悲痛。身为长子，他尚需要去处理各种现实的琐事。连续几日，家里吊唁的人络绎不绝，旧时邻居，父亲的同事，亲戚朋友。见到熟识的面孔，天熙便不由自主地掉眼泪。他们也便陪他一起落泪，摇头叹息。他们临离开，会留下一百或者两百的纸票，塞到天熙的手里，算作吊唁的礼金。天熙在一位长辈的指导下，把他们的名字和钱数一一登记下来。乡下来了更多亲戚，天熙尚要安排他们的吃饭和住宿。他也终于在客厅里坐下来，参与父亲的后事处理讨论。追悼会是一定要开的。讨论会上有父亲单位的领导参加，他们中的某一位讲话时眼圈发红，说父亲一直是一个好同志云云，同时也委婉表示因为不是工伤，无法按照工

伤赔付。所以家人不会拿到太多的抚恤金。其间，老家的一位资格颇老的亲戚与领导发生争执。他以是父亲的直系兄长为由，试图为自己也争取到一份利益，从抚恤金中分得一杯羹。

天熙低头在一个黑色的记事本上记上若干要点。他低声啜泣，眼泪滴在纸面上，洇湿了纸张，字迹便化作一团墨黑。最后也不知道自己究竟写了什么。他需要去派出所为父亲注销户籍。确定开追悼会的时间。打电话通知出席追悼会的人员。找主持追悼会的司仪。追悼会现场需要摆放的花圈数量。安排车辆接送亲戚。确定遗体火化时间。按照习俗，需要把父亲的骨灰送往乡下的家族墓地。天熙机械地逐条记下，脑海中除了茫然，还是茫然。如同一只虚弱的稻草人。

其间弟弟从上海打来电话，告知自己的妻子明天即将进产房。目前身体状况良好。他询问父亲的病情，天熙担心他知道事情真相会对产妇不利，便只道是父亲尚在住院，过几日即出院。弟弟不能获知真相，将无法参加父亲的追悼会。天熙只有跪在父亲的遗像前，祈求父亲原谅自己对弟弟隐瞒实情。他好想抱住一个人，痛快地哭一场。但此刻在心里面，他觉得谁都陌生。他也并不知道，自己想要抱住谁。他感觉自己体内一部分能量的被抽离。因为某种恐惧。

蓝，从这个城市也已经消失很久了。如同前生。所有的离开，不管形式如何，都如空气。无色，无嗅，无声，无味，无触。只有剩下来的人，颠倒惊怖，流离失所。生，死，爱，恨，聚，散，离，别。是躲不过的世间咒语。死亡如闪电，照亮寂寥深厚的黑暗一角。在死亡面前，所有世间万象，繁荣兴衰，一切荣辱劳碌，都是假象。无论清醒与混沌，记得或是遗忘，都终将是过往。

4 天熙开始与女孩子约会。

在他看来，这似乎没什么不妥。他曾尝试与泽沟通此事，但他的反应之剧烈，超乎天熙的想象。他目光里混合着愤怒与祈求。你是我的。他说。你必须是我的。天熙。我是你的一部分，你是我的一部分。因为我们同样孤独，同样自私。并且，我们的生活，如此流离，支离破碎。

半夜里，天熙被摇醒。天熙，泽附在天熙耳边轻轻说，你看。

天熙躺在床上，睁开眼睛。泽缓缓将窗帘拉开。宽大的落地玻璃窗外，是寂静无声的城市。城市上空，是一轮明亮的圆月。像一个巨大的黄色气球，停泊在鳞次栉比的楼宇上空。仿佛电影中的画面。天熙爬起来，跳下床。站在玻璃窗前，怔怔看。不发出半点声响。

泽从背后缓缓环抱住他的肩和腰。天熙，这座城市，这个月亮，多么孤单。如果有一天我想你，我会觉得孤单。他用脸轻轻刮蹭天熙裸露的脊背。因为想念，所以孤单。他喃喃说。如果有一天你离开我，除了你，我不知道还会想念谁。如果你要继续寻找，我会放手。但是当你再试图回来，我一定不在原地停留。他字字平静，却充满惊叹的力量。他们回到床上，泽长久注视他的眼睛。仿佛意味深长。天熙渐渐睡去。他做了一个梦，梦里没有月亮。是自己和另外一个人在苍茫的原野上奔跑。但他看不清它的面孔。不知道是蓝，还是泽。或许谁都不是。只是另外一个他自己。

5 天熙试图约会的对象是敏。

他之前的同事，现在做独立摄影师。

敏从前有一份银行的工作，收入稳定，前途无忧。她本应该和大多数女孩子一样，恋爱，结婚，生孩子。但她迷上了摄影。

敏少时的生活其实和电影没有任何关系。那时，母亲工作在铁路，父亲则在部队。因此她的生活也便在这两种场景里穿梭。呼啸而过的列车，长而闪亮的铁轨，漫长延伸，通向遥远的未知。她和伙伴们在铁路边嬉戏，游戏。偶尔也会沉思，铁路的尽头是什么样子。

高中毕业，她进入北京航空航天大学，学习飞行器制造。这期间，她的生活发生了某种变化。因为热爱摄影，她开始变成了一个经常独自旅行的人。她去了很多地方，足迹踏遍藏、苗、彝、蒙等

少数民族聚集地和三山五岳。一个人，风尘仆仆。她行走，看民风民俗，拍人文现实，对话自然和心灵。她渐近自己的内心，发现自己更倾向于人文科学。由是从北航申退，重新进入上海戏剧学院导演系学习。

进上戏的前六个月，短暂的彷徨后，她迅速完成了由一名工科生向文科生的转变。她的血脉里流淌着不安分的血液，对世界充满了好奇，她努力寻找自己与世界交流的种种可能途径，组建乐队，自己担任主唱和吉他手，留着几乎及腰的长发，奔忙在上海市的各大高校和电台，演出，灌唱片，不亦乐乎。她也写作，为多家杂志社写小说和剧本。当然，每个寒暑假，依然在远方的行走和漫游中度过。

一发而不可收拾。并且，她是个不折不扣的理想主义者。然后，她来北京读摄影系。用积攒的钱给自己交了学费，买了相机。开始了她的所谓艺术生涯。

在杂志社找了份工作。恰好和天熙是搭档。天熙负责栏目的文字，敏负责图片拍摄。她的摄影原则是，一切为了创意。她可以把一位当红男艺人扔到书堆里，并且还要往他身上撒纸片。一位女模特儿被折腾了半天，但是杂志上刊登出来的却是她伸出车窗外的两只脚。没系鞋带，两只高跟鞋吊在脚踝上摇摇晃晃。

而在拍摄现场，她大多神经绷紧。并非不自信，而是让自己投入到当下的拍摄状态里去。面部表情凝重。她指挥助理摆放道具的位置，测光，调灯亮度，让拍摄对象摆出自己想要的动作和表情。语气严厉，短促。不容怀疑。她穿二手服装店淘来的咖啡色外套，黑色高帮皮靴。如狮子座般有强烈的掌控力。她头发束在脑后。端着相机左右奔突。机警，敏捷，仿佛捕获猎物的豹子。直到完毕，达到她想要的效果。方陡然停下来，嘘一口气。说OK。收工。声音低沉，沙哑。

因为工作关系，两人渐渐熟稔。天熙欣赏她的独立，得体，大方。以及骨子里散发出来的那种对一切事物都淡然的态度，除了摄影。这种淡然，令她卓尔不群。或者说，让她有一种与众不同的坚强。但她亦会做蛋炒饭，紫菜汤，笋煲老鸭汤和拌萝卜皮。那双摆弄照相机的手在促狭的厨房里挥起菜刀，这显示她双鱼座温情脉脉，居家的一面。亦常常呼朋引伴，在自己简单的房间里举办派对。一大堆男男女女，摩登装扮，或者是一律扮文艺范儿。坐在沙发或地板上，听左小祖咒，听麦当娜的《宛若处女》，听鲍勃迪伦的黑焦唱片。以及她最爱的Tom Waits。一个巨蟹座的加州老男人。

永远一副醉鬼相，永远失魂落魄，走路摇摇晃晃，像纽约街头的任何一个流浪汉。他们听得目醉神迷。

委实，她对音乐有着超然的敏感。同天熙讲起自己小学时弹奏电子琴。父母反对她学，她便无师自通，每天花2个小时对着琴谱自修。只是单手。终于熟练到可以弹奏任何熟悉的曲子。肯尼金，理查克莱德曼，甚至《卡门》。姿势别扭。三年后，那只超小型终于被她弹奏得严重失声。天熙曾把这段故事讲给泽听，泽听后只淡然一笑。眼里却有深深的忧虑。

天熙与她一同听音乐会，目睹她两度落泪。一次是在保利剧院，听曼托瓦尼轻音乐团。音乐响起，她已情不能自已。一直在流泪，直到第四首乐曲的终了。另一次是在TNT小剧场，观看无名乐队的室内爵士乐演出。在门口，他送一盒从乌镇买的绿茶香给她。香放在包装精美的翠绿色长条盒子里。香铺在乌镇西栅的一条巷子。下雨的时候雨水会打湿门口台阶的青苔。她接过来，脸上浮现出愉快的神情。

那天，充斥着浓重油漆味的小剧场里出乎意料地坐满了人。舞台灯光暗黄柔和。国际组合的爵士乐队演出很好。都是一些怀旧的美国爵士乐曲和法国香颂（FRENCH CHANSON）。《也许》。《穿越沙漠的人》。《E小调布鲁斯》。他们的座位靠在一起。最后一排。她没有用任何牌子的香水。但他依旧闻得到清淡的香气。他听到她低低的啜泣。并且她不断去擦眼睛。无意中，他再次分享了她内心最隐秘的脆弱与柔软。他递纸巾给她。他想抚摸她的肩膀安慰她，亦突然想拉她的手。想替她擦干眼泪，而不只是给她递一张纸巾。他继续观看演出。然而内心不再平静，呼吸如潮水涌动。左边的吉它手带了眼镜。神情肃穆，有知识分子的气息。右边的大提琴手，面部隐藏在灯光的阴影里。女风琴手的手风琴是银亮色的，掺了一点点的酒红，仿佛微醺。

两个小时，演出结束。很好。她说。对自己流眼泪的事情只字不提。亦不觉不适。

6 他决意要靠近她。

如同靠近一团火。她的生命里只有烈焰燃烧。哪怕烧完只剩残余灰烬，随风飘过。他不想在泽的世界里彻底沦陷。泽的情感炽烈繁盛，但是却荒凉盲目。天熙的世界非此即彼，没有回旋余地。他的世界亦充满辗转动荡。浮沉摇摆，方向不明，亦看不到终点。但他开始想要一份稳妥的情感。作为遁藏在人世间的安全法门。

只是想到泽，他有些困惑和迷茫。他送敏上计程车。他过马路。转向另一条街道的方向。路过一座大厦，一位少年在滑滑板。扎着灰色头巾。穿了漂洗近乎灰白色的短T-shirt。牛仔裤。黑色滑板鞋。身体瘦削而结实。眼神桀骜。空若无物。他滑着红色滑板努力冲向黑色的高台。摔在第三层台阶上。一次又一次。然而乐此不疲。并且无所畏惧。他的纹身，几乎遍布整个上半身。左胳膊是一团红。一簇黑。有花朵与骷髅的图案。无比诡异。右臂的图案模糊不清。他俯身滑行，便裸露出半个肩膀。也有龙样纹身蜿蜒至脖子。

曾经有一个朋友，只在右手手背的左侧纹过一只青色羽毛的图案。许多年，这支羽毛一只伴随着他。他一直怀有强烈的好奇。但他从来不肯讲述，如同禁忌。天熙喜欢观察他那只绘有纹身的手。在BANANA将透亮的马天尼倒满酒杯。并不跟同去的人讲话。雨天时开车在东三环的国贸桥上。如同驶过一片繁华的灯海。在三里屯公寓的电脑前沉静地敲击键盘。楼下是嘈杂的酒吧。在旅行时用它端起摄影机，捕捉自己投在阳光下的影子和建筑物的纹理。后来，他要把它除去。去除纹身比纹图案更疼。但是他执意要去除它。他换过三种职业。换过四部车子。搬过三次家。30岁时，认认真真地交往过一个女朋友。结婚。分手。现在，他没有结婚。但是有一个女朋友和一个小孩子。常常用右手抱起小孩子。纹身处已经空无一物。

7 在杂志社工作两年后，她辞掉工作。

专心拍摄自己的艺术创作作品。她的艺术偶像是黛安阿勃丝和ELLEN VON UNVERTH，后者是全球最成功的女性时尚摄影师之一。两人搭档工作，难免经常见面。一起去看拍摄场地，他请她去电影学院附近的粥铺喝粥，或者请她吃DQ，或者羊肉泡。她常常嘲笑他的沉闷。但似乎只有在她面前是如此。她伶牙俐齿，讲话滔滔不绝。他无法插话，便总是倾听。

她说，天熙，人生的失控，往往是因为没有目标。或者目标不够坚定。你需要去除浮躁，让自己沉淀下来。看清自己的内心，明确自己究竟想要什么。不要再浪费你自己。甚至不要再费力去挣扎。我们跟别人不一样，我们的时间有限，耽误不起。一旦做出选择，便要坦然面对自己的内心。不再纠结。她叹息。天熙，你的心事太重。而你的心思又太单纯。有时候，你简直像个孩子。有些事情，也许你该说出来，而不是憋闷在心里。否则，它们会变成你生命里的暗礁或者漩涡。

做一名独立摄影师，代价很大，有时经济收入毫无保障，前途却又未卜。现实生活粗砺，胜王败寇是商业社会的金科玉律，不二法则。敏承受巨大压力，但她天性乐观。依旧保持敏感内心，对艺术亦始终不曾放弃。凭着天分，努力和运气，敏渐渐受到几家国外画廊的关注。她的作品先后被送到波兰、韩国、巴黎和纽约展出。并且有法国的画廊为她和其他艺

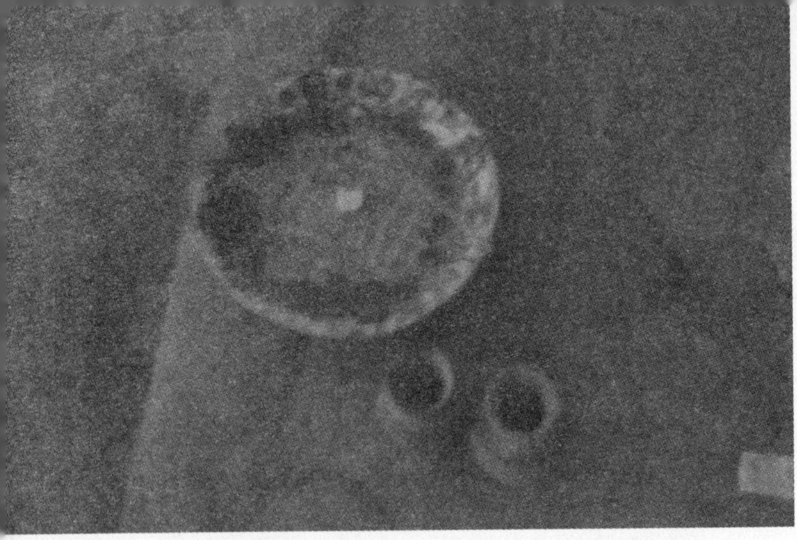

术家在某著名艺术区举办联展。她穿了黑色的蕾丝套莎短裙，和法国画廊中国区负责人紧紧靠在一起。天熙知道，他是曾经风靡一时的摇滚乐手。只是后来再无人问津，于是投身艺术领域，很快重新风生水起。那天，他穿着高领黑色毛衫。右耳是一枚银色耳钉，是摇滚时代的产物。脖子上挂了一块玉。白色的玉石，有斑斑红色痕迹。挂在黑色线绳上。敏说那块玉价格不菲，是商代的器物。

那次展览，对敏是一个良好的开端。她开始接受国内时尚媒体访问，谈她的艺术创作。亦开始飞往不同城市和国家，受邀参加艺术展览。去到她心向往之的各个城市。她不可救药地热爱那些大城市。天熙陪她去到上海参加台湾摄影大师阮义中的摄影回顾展。第二天去了南京东路。那条繁华的商业街，在敏眼里，已经具备后现代和超现实的风格。大厦顶层玻璃窗里有飞碟状的不明物体闪闪发光，类似希区柯克电影《三十九级台阶》里的钟塔，钟塔上空乌云在快速地动画般地移动。无声播放新闻节目的巨型LED显示屏放在一堆超物质的楼宇、商场的霓虹灯上面。简直是一个极具当代艺术风格的装置作品。她不无嘲讽地说。

去看新华路的那些老洋房，这里比徐家汇更加安静。可以闻得到树木散发的芬芳香气。夜晚来临，下起毛毛细雨。他们踱步在种植了法国梧桐树的狭长小路上，看着一家家的灯火。她始终拉着他的手。夜里走路去霓虹闪烁的茂名路和淮海路，穿过飘满桂花香气的条条街道。走累了，便踱进店里吃夜宵。她一边吃，一边贪婪地盯着人看。无论是那些打扮精致的女生，帅气的男生，或者是注重仪表的中年男人。

天熙，希望自己赚多些钱，晚年可以在上海度过。她轻微喟叹，并迅速吞掉一只鱼丸。表情严肃。

她独自去了香港。在闹市区的楼宇二层发现一间名为库布里柯的艺术书屋。在不起眼的小店里也能吃到不错的芒果椰奶布丁。价格实在便宜。也发现王家卫的《重庆森林》其实是一座重庆大厦。没有看到王菲。只是咖喱的香味满街跑动，恍惚间让人以为自己置身印度。不时有黑人和中东人的身影出现。她突然嗅到危险的气息。并没有再作停留，转身离开。她举起相机拍摄被建筑物切割的窄窄的上空。并不感觉压抑。可以从中环一直走到铜锣湾，再去潮人汇聚的兰桂坊。

她坐在兰桂坊临街的靠窗座位上。与在庙街不同，没有人讲普通话。英文是主流语言。她看窗外的人走过。每一个人都神态自信，步伐坚定，穿着时髦。优雅妆扮的女人，踩着细细的高跟鞋，小腿健康而纤细，有着说不尽的味道。她在帽子店买了顶日式黑色帽子，中性风格，带着窄窄的边。她自称是不戴帽子的cap queen。即便在布拉格也是如此，看见有特点的帽子就再也无法迈步。尽管贵，仍是忍不住买了一顶。心里便觉欢天喜地。像一个不谙世事的小女孩。明亮的地铁站，拥挤却安静，许多人捧着书在地铁里看。显示出较高的文明化程度。

她说，天熙，我热爱那些大城市。我觉得自己天生是它们的一个组成部分。那令我感觉自由和舒展。我喜欢就这样在蜘蛛网状的街道不停地穿行，不停地走，妄想更接近真实本身。探究一座城市的本质，如同探究一个人的思想和灵魂。明知其实做不到，还是会自欺欺人地去寻找。

生生死死 ——5

不管外部世界如何变化，他们照旧日出而作，日落而息。

早晨 5 点钟起床，天色还是黑的。村庄尚处在凝固的静默之中。

1 晚上，会去酒吧喝酒，唱歌。

Kim min jong和天熙从街上的酒吧喝酒回来。已是夜半时分。Kim min jong的妈妈和妹妹玲居然还在客厅看电视。她们在吃菠萝蜜果。天熙。你回来了。玲笑着用蹩脚的中文同天熙打招呼。

这几天，她一直缠着哥哥教他中文。也会让天熙矫正她的中文发音。但是，离开了Kim min jong的翻译，两个人便实在不能进行交流。用磕磕绊绊的英文，外加手势。大多数情况下，两人只是对着彼此傻傻地笑。

他们三个人开始用越南语交流，不时大笑，极开心的样子。天熙则一直在喝加了蜂蜜的水。吃水果。稍许，Kim min jong将刚才的对话翻译给他听。我妈妈说你在越南呆得挺好的，适应这里的气候和饮食。不如干脆找个越南女孩子结婚。说完，便大笑。他的妈妈亦随之大笑。

玲认真地把头转向哥哥的一侧，脸上是故意讨好般的可爱表情。她问了Kim min jong一个问题。话音甫落，Kim min jong便又大笑。我妹妹问“我爱你”用中文怎么说。他目光定定注视着天熙。我爱你。他大声对玲说。我爱你。我爱你。玲模仿他的语气语调。只是听起来有些可笑。我爱你。我爱你。她自顾独语。像是念戏文的对白。心无城府地嘻嘻笑。

笑完之后，三人便陪着妈妈看电视。吃榴莲。是一个类似中国革命样板戏的电视节目。一位女革命战士抱着幼小的孩子，慷慨就义。天熙听不懂歌词。Kim min jong的妈妈看得极投入，不断地用手去抹眼睛。三人则彼此互相示意，不作声地笑。客厅里飘浮着菠萝蜜果特有的香味。那种味道，甜腻芳香，甘之如饴。

玲打了个呵欠，站起身来。黑色的头发散披在肩上。她穿了玫瑰红的短裙。露出洁白的小腿。赤了脚。因为困倦，她的眼睛看上去有些迷离。整个人散发娇柔和妩媚的气息。天熙，晚安。她停在楼梯的中间，突然伏下身来。用中文如是说道。然后，兀自大笑着上楼。

Kim min jong留在客厅里陪他的妈妈继续说话。天熙独自上到三楼卧房。站在三楼阳台上往远处看。层层叠叠的黑暗，只有些许灯光。巷子尽头传来的几声犬吠愈增加了夜的静谧。空气中浮荡着热带树木浓烈的芳香。

2 接下来，

有两天他同Kim min jong的家人一同去了Kim min jong在乡下的亲戚家，祭祀Kim min jong去世的外公。

加上Kim min jong的舅舅和姑姑两家人，一共开了三部车子。天熙和Kim min jong、玲三人挤在后座上。玲在左侧，Kim min jong居中坐，天熙坐在右侧。车位宽敞，并不算拥挤。Kim min jong和妹妹说话，他的妈妈回过头来参与讨论。天熙不知道他们在谈论什么，便自顾将头转向车窗外，看沿途的景物。

公路。河流。桥梁。池塘。树木。阳光透明，热辣辣地照晒着一切。经过一个乡村的路边市场，下车买东西。小小的农贸市场，热闹非凡。卖布匹，瓷器，点心，胶鞋，水壶，帽子。有人支了一个摊子，生起炉火，卖新鲜的烧烤玉米。一座临时搭建的凉棚底下，是在卖冰咖啡。这里的摊贩所卖的水果种类似乎更加丰富。苹果，香蕉，菠萝蜜，木瓜，李子，甘蔗。红色，黄色，青色，紫色，褐色。鲜艳润泽。

车子继续颠簸在路上，倦意袭来。大家都不作声，开始打盹。天熙亦闭上眼睛。模糊中，Kim min jong紧紧抓住他的几根手指。天熙并没有挣脱。

Kim min jong的外婆年事已高，但看上去精神矍铄。她的身材，较普通越南妇女要高出许多。衣着素朴而洁净，右手手腕上带着一只翠玉的手镯。Kim min jong告诉她天熙来自中国，她觉得稀罕，满心欢喜。

越南的农村，每一户人家的房子都被自己的土地所包围。那些房子，同样是繁复的欧式风格。Kim min jong带他上二楼的阳台，极目远眺，是一片苍茫绿色。天空阴霾，一场大雨在酝酿之中。田野尽头的天际线上，浓云翻滚。院子里有一方窄窄的水塘，水面上红色锦鲤游来游去。院墙处杨桃树，竹子，水杉和棕榈树。果树上长满了一种甜甜的黄色果子。生活相当富庶。天熙后来去过中国南方福建等地的乡村。发现那些景致与越南无二。只是房子周围，种植的多是低矮的茶树。

午饭前，几个人约了去附近的一座池塘钓鱼。Kim min jong熟稔地挂鱼饵，抛线。天熙则睁大了眼睛看池塘四围的香蕉树。叶子宽大。密密麻麻，大片种植。天空中开始布满大团灰色云朵。一只长着黑毛的狗在他们近旁走来走去，逡巡走动。

突然水波轻微荡动。Kim min jong屏住呼吸。鱼咬钩了。在水中开始扑腾。天熙和其他人帮着Kim min jong把鱼线往回拖。是一条白色的大鲤鱼。

吃过午餐，Kim min jong和他的亲戚家人热烈地打牌。天熙则一个人出了院落，在巷子里闲走。走到街道的尽头，是一片田野。是陌生国度的苍茫原野。大片的稻田，在风中起伏。苍翠的颜色，氤氲在模糊的湿气里。天熙站在路边，对着远处发呆。怅然若失。

天空骤然就下起豪雨来。铺天盖地地倾泻。几个越南妇女挑着担子，匆匆而过。脚下早已一片泥泞，望着雨中的田野，天熙陡然感觉一阵心悸。有着说不出的难过，任雨水将自己浇个透。

他猛然感觉自己的后背被人抱住。两只手绕到他的胸前来。细长。有力。左手的大拇指上，一道淡淡的粉红色疤痕。

3 他终于再度见到他。

他瘦瘦的身子缩在绿色锦面的棺木里。双目紧闭。眉头一如既往地皱着。脸瘦，皱纹密布，像一枚核桃。他们给他往脸上敷了一层薄薄的白粉，但皱纹依旧是深的。没有害怕，没有恐惧。只有怜悯和不舍。你怎么可以这样做。他在心里有气无力地询问。他不回答。母亲后来说，她曾经做过一个梦。她在梦里见到了父亲。她说他精神很好，面色红润，并且衣着洁净。他在她的梦里笑，告诉她，我要去一个遥远的地方了。他在往一座山上走。母亲在后面喊他的名字，追赶他。但是他并不回头，步履飞快。身影很快消失在山林深处。再也看不到他。母亲在梦里哭醒。

原来，他真的是离开了。

他们安排他去为他选骨灰盒。玻璃柜里面，骨灰盒的种类繁多。材质包括了普通木质和大理石，甚至镶金嵌玉。价格亦是千差万别。他为他选了一个价格适中的。盒子外面有一层黑色的亮光漆。生前，他并不喜欢铺张。

火化也要排队。旁边等亲人火化的送行者哭得呼天抢地。然而他没有眼泪，冷静异常。他要记住眼前的画面，刻骨铭心地记住。其间，他接到公司的电话。催问他几时回北京。然后，又接到弟弟的电话。孩子已经出生。男婴，6斤8两。顺产，母子平安。

生，死，死，生。死，生，生，死。生，生，死，死。死，死，生，生。

他心里的难过如翻江倒海。但只淡然说："父亲很好。"事已至此。只能如此。尽管这对弟弟不公平。

最后一面。这是我的父亲在世上的最后一面。再过几分钟，他的物质躯体将要在这个世界上彻底消失。彻底消失，是一件多么残酷的事情。就像他从来不曾来过。我最后一次见到活着的他，依旧缩在家里客厅的黑色沙发上。只见夹着一根烟雾袅袅升腾的劣质香烟。神情黯淡无光。

好好工作。这是他留给我的最后一句话。我把门轻轻关上。他在我的视线里消失。现在，他在我的生命里消失。我把他关在房门之内。这个赋予我生命的男人，把我留在他的世界之外。

他在心里是不是会怨恨我呢。就像我曾经怨恨过他一样。他的酗酒与脾气暴戾，曾经是我青春期的梦魇。我不敢带同学来家里玩，即便是最好的朋友。我一度甚至羞于向别人提及他的存在。

现在。彻底了结了。火化炉伸出长长触手，把盛放他遗体的铁架移过去。然后，火化炉关闭，他被缓缓推入炉膛深处。

也许他应该昏倒，或者号啕大哭。但是他都没有。那样做，他或许会轻视他。他并不知道，当他在课堂上给学生朗读朱自清的《背影》一文时，突然想到他，情不自已地哽咽和抽泣。那时他还在医院接受精神治疗。他也还在学校里教书。他一直担心父亲的病情。并且，也时时记着父亲的诸多好。

他曾经告诉过我遇事要坚强。但这一次，他把自己打败了。

站在火化炉前，我想象着烈焰如何渐次在他的身上燃烧。烧毁那口薄薄的棺木，烧毁棺木上的绿色花纹，然后，烧毁他的崭新的灰色中山装，烧毁他的白色衬衣，烧毁他的皮肤，他的毛发，烧毁他的胸膛，他的胳膊，他的双手，他的腰身，腿和脚，烧毁他的性器官，他的内脏，他的停止流动的动脉，静脉和万千条毛细血管。水分和淤塞的血液，胆汁，精囊里的精液，连同体内贮存的酒精，一并干枯，蒸发。烧毁他的梦想，他的期待，他的欢乐和悲伤，他的骄傲与困顿，他的百般记忆，以及他的孤独与幻觉。统统不见。

烟。消。云。散。

我只觉周身是彻骨的冷。

4 出于惯性，下班之后，如果没有约敏，天熙还是与泽在一起。

尽管知道，分开是早晚的事情。他不知道如何描述两人的关系。也尽量避免去想象。

泽对他讲述自己的若干事情。他只是用心听，并不做任何评判。他自己的世界尚有着不为人道的伤口。况且，那些事情，与死亡相比，又算得了什么。只有疾病和死亡，最能令我们获知生命的真相。我们沉醉于虚幻，并且自以为强大，其实不堪一击。有时，他注视着泽的俊朗面庞，会问自己：泽喜欢自己有错吗？似乎没有。那么，他自己离家来到北京有错吗？似乎也没有。但一定是哪里出错了。

没有答案。

5 天熙，最近我总是怀念小时候。

有一年的清明时节，按照习俗，我们去郊外给爷爷上坟。那时父母还在一起，我们一家人和家族的亲戚。半夜时分，大人们在坟前的祭台上摆满贡品。水果，荤菜，素菜，以及斟满白酒的杯子。田野里一片肃静。那时会觉得有些害怕，只有紧紧牵着爸爸的手。

摆好祭品，便远远地离开，躲进车子里。让先人们安静地回来享用祭品。

他停顿了一下，似乎还在回忆。四月份，春风里依旧带着凉意。我躺在爸爸的怀里，大人们抽烟。烟头的火光在黑暗里一闪一闪。我呛得喘不过气来，把头伸出窗外。看到了满天的星星。看不到起伏的山峦，看不到沙漠和戈壁滩。只有蓝色丝绒一般的夜空和钻石般的星辰。银河如同一条细长的锦带，密密麻麻的星辰镶嵌在它的上面，辉煌而瑰丽。这件事情已经过去了若干年，只是印象实在深刻，所以至今仍然记得。

天熙知道泽的故乡在甘肃。曾经是古代丝绸之路上的一个重镇，位于河套平原上，经济繁盛，商旅往来。但是在历史演变中终究渐趋衰落。那里距离敦煌不远。天熙曾经想要去莫高窟。看那些壁画，佛像，石窟，经卷。去看玉门关的残迹。然后取道茶卡（查地图）到甘南藏区，去拉卜楞寺，并且拜访一位以画唐卡闻名的上师。但是因缘附会，一直没有时机成行。

可是泽不知道为什么突然讲到这些。天熙并不喜欢听到类似清明这样的字眼。清明总是与悲伤连在一起。他只有一次回乡下看望过父亲。从北京出发，舟车劳顿，在一个黄昏回到位于黄河岸边的家乡。他住在一家静僻而简陋的客栈，没有打扰家族的亲戚。悼念其实是一个人的事情。夜里，他躺在冰凉的硬板床上，辗转反侧，彻夜未眠。这是父亲的家乡，也是他到家乡。村子里有夏天开满荷花的池塘，院墙里面种了枣树，种满果树的园子，连同商店，肉铺，邮局，和一家小小的医院。村民现在依旧看露天电影，每五天还是会有一个热闹的集市。有些事情变了，有些没变。人们在这里婚丧嫁娶，生老病死。不管外部世界如何变化，他们照旧日出而作，日落而息。春种，夏忙，秋收，冬闲。有的直至终老，也不曾离开。而离开的，又会以不同的形式回到这里。

早晨5点钟起床，天色还是黑的。村庄尚处在凝固的静默之中。他摸索着穿好衣服，走出院门。判断着方向，向着村子的南口走去。穿过一条宽宽的马路。越过一大片棉花田，裤腿被露水打湿。远处是一个木材加工厂，有明亮的灯光。工人在做工，传来机器的不断轰鸣。他踩着松软的泥土，走在窄窄的田埂上。看到父亲的坟。他同家族其他去世的人埋葬在一起。应该不会孤单。坟头上压着黄纸。他跪下来，趴在坟前，给他磕头。并且长跪不起。他不敢大声哭泣，怕打扰他的安静。只有默默地流眼泪。无声抽泣。只有在此刻，他才可以暂时逃避现实，做一个委屈的孩子。

父亲去世后，他必须在家人面前扮坚强角色，并且行事镇定稳妥。他给了弟弟五万元钱，让他们安心养育孩子，暂无金钱之虞。每天打一个电话，安抚母亲，聊些开心的事情，让她不致感觉太孤单。帮大哥打官司，请律师，付对方赔偿金，已经花费了他自己大半的积蓄。同时需要一笔资金帮母亲买一套新的房子，让她尽快搬离旧居，以免睹物思人，纠结往事。他清理账户，发现加上此前父亲一度住院的大笔开支，留下的钱并不多。他需要更努力地工作。

他知道，自己正处在生命的低谷。

人生无所不在的苦，可以激励我们从事精神上的转化。每一种痛苦、悲伤、损失和无止境的挫折，都有它真实而戏剧性的目的：唤醒我们，促使我们冲破轮回，从而释放被禁锢的光芒。是他看过的蒋萨仁波切的一句话。在他看来，父亲的死亡是戏剧性的。而现在，他自己是被禁锢着，但是不知道自己的光芒何时可以释放。

泽对他是彻底的信任，任何话都跟他讲。但他不会对泽讲这些。没有缘由。只是不愿意把内心的东西讲出来。总是担心，话一出口，便执言忘意，失去了它应有的重量。世间情意，原本稀薄冰凉，倒不如自行珍藏，让它宁寂清虚，和光同尘。所以，无论是巨大的悲哀还是深远的责任，都只愿一人默默担当。冷暖自知。

他只淡然对泽说。我在云南的山里旅行时，也曾经看过这么多的星星。夜里，车子在山道上蜿蜒而行。半路突然抛锚，一行人被迫下车。有些人抱怨，有些人骂骂咧咧，有些人则开始打手机。我独自绕到路的另一侧。近处的山路，迤逦通向黑暗的未知。起伏的山峦，恍若置身在一场偶然邂逅的梦境里。我伏下身子，触摸那陌生的道路。有些路，注定了一生只有机会走一次。所以会珍惜。我摸到了粗糙的石子和沙粒。触碰到大地的温度。尚带有白昼里阳光炙晒残留的余温。

总是喜欢旅行。喜欢一个人旅行。当我站起身，向上仰望，一阵晕眩。满天的繁星。我已经很久不曾见过这么多的星星。只觉有种惊心动魄的美。是生命的壮美。那种美，远离尘嚣。壮怀激烈。常常想，也许我的前生是行脚的僧人，或者曾经被禁锢在某处。爱旅行的人，也是热爱孤单的人。父亲去世后，我一直感觉到自己的孤单和流离失所。

是的，孤单。最后一句话，他说给自己听。

6 他告诉泽，另一次去云南旅行时，是参加某国际知名品牌摩托车举办的活动。

嘉宾都被邀请住在丽江古城附近的一座高尔夫球场别墅里。别墅零零星星，散落在山腰。同行的有一位单身女子，与主办方关系极为熟稔。她戴一顶手工编制草帽。穿TSUMORI CHISATO的碎花裙子。缀满蓝色、红色、黄色与灰色的花朵。右领口处有一条扎成蝴蝶结装的绿色带子。一副LOUIS VUITTON牌子的鎏金边的大墨镜几乎要把她的整个脸都遮住。隔着墨镜，似乎可看到她的倨傲神情。直到吃饭时她终于将墨镜摘下，眼睛居然是红肿。她最初沉默，三杯红酒过后，性格亦渐渐开朗，与大家攀谈起来。其实性情豪爽，谈话亦大大咧咧，时有惊人之语。她来自上海，出身世家，家资丰厚，不需任何工作，最主要的时间用来寻找爱情和游戏人生。晚餐结束，大家已经彼此熟悉。便相约改天去丽江的束河小镇闲逛。下午的时候，找了一家酒吧，继续喝啤酒，休息，聊天。她改穿了红色的中式紧身上衣。脚上同样穿了样式古朴的蓝布白底的盘带布鞋。鞋面上各绣着两朵红色的桃花。

她不断地倒满酒杯，动辄一饮而尽。渐渐话多，开始絮絮讲到自己的情感波折。以及如何在一次酒醉后开着一辆玛莎拉蒂从北京前往内蒙。结果撞在了高速公路的护桥栏杆上。车子被撞坏，人幸好安然无恙。谈兴正浓，便彼此交换电话。天熙已将她的手机号储存在自己的手机上。第二天即驱车前往香格里拉，活动的另一个主要场地。逛香格里拉古城后，天色已晚。她让自己在当地的朋友做东，设宴款待天熙及其他若干朋友。席间，吃牦牛肉，喝冬虫夏草炖的汤，喝青稞酒。过于喧嚣的纷繁热闹，掩盖着每个人的孤单。

饭局结束，一众人又赶往另一家酒吧。有人喝酒，有人跳舞。及时行乐，仿佛世界末日。每个人都玩得劲头十足。她不由分说，拉着天熙跳舞，并且将身体紧紧贴着他。她抱住天熙的脸，去亲吻他的嘴唇。并且在他的脖子上留下诸多吻痕。他并不介意。知道她是有些喝多了。半夜时分，终于兴尽而归。回到下榻的酒店，天熙睡去。不知道几点钟，他被自己的手机铃声吵醒。是她的电话。他犹豫片刻，还是将电话接了起来。她如同在呓语。我不太舒服，你能过来陪我吗。话语里有祈求的味道。他并未多想，穿好衣服，径自去往她二楼的房间。门已经虚掩着，他轻轻推开。房间里亮着台灯。她躺在床上。感觉到他的到来，她并没有睁开眼睛。她转过身，脸部微微向下，侧躺在枕头上。她含混不清地说，你抱抱我，我冷。

他坐下来，看着她。目光中充满怜悯。她白皙的额头微蹙，头发凌乱披散。他伏下身子，隔着薄薄的被子，轻轻将她抱住。他把自己的额头靠在她的头顶上。她的身体微微颤抖。她不再说话。一动也不动。他看她的眼角，有一滴泪慢慢渗出。顺着她的面庞缓缓滑落。他就这么一直紧紧抱着她。她眉头渐展，呼吸匀称顺畅，终于睡了过去。他收回胳膊，将她轻轻松开。替她掖好被角。他站起来，缓缓打开门，复又关好。没有一丝声响。头也不回地离开。深夜的香格里拉，雪山寂静。空气里带着凉薄寒意。

第二天一早，他离开香格里拉，返回丽江。他知道，她还要在那里住些时日。车子行驶在路上。迷茫日光里，车窗外是青藏高原和云贵高原交界处的起伏山峦，江水，林木，村落。转瞬即逝的风景。他掏出手机，将她的电话号码删除掉。知道不会再有任何联系。无须再浪费任何情感和精力。她的孤单，他可以理解。但是孤单，如同成长，终究是一个人的事情。必须独自面对，独自承担。

7 泽打电话给天熙，他刚刚拿到一部车子。

语气暗含兴奋。是一辆银白色的SUV。名义上是他的爸爸淘汰给他，实际上依然崭新，并没有太多使用。他说，有部车子终究可以带来诸多便捷。天熙正在会议室参加编辑会，只匆匆附和了几句话，便将电话挂掉。离开办公室时，天色已经微暗，CBD繁华商业区的路灯已经亮起。餐馆，水疗养生馆，高级成衣定制店，SPR咖啡馆，红酒房，人影憧憧。写字楼里亦是灯火通明，交相辉映。他有时觉得，这些繁荣，其实跟自己没有太多关系。似乎只是为了生活。他因为梦想来到北京。但现实又令他改变了许多。摇摆，游离。无法预测的事情出现，感觉被生活控制。有时候觉得力不从心。

至少在这一点，他偶尔会羡慕泽。除了家人的情感，他几乎拥有物质上的一切。工作优渥，薪水亦算不低。价值数百万的房子，车子。多少人为之孜孜奋斗的，他全都轻而易举得到。他摇头，突然为自己产生这个想法感到可耻。他突然想到敏。敏去了美国，参加一个艺术基金会组织的展览。该基金会在全世界范围内共邀请10位年轻艺术家参加，敏是今年受邀的其中一位。她总算如愿以偿，可以去到纽约和旧金山。半个月的时间，是难得的机会。三天前，他送敏去机场。他看她黑色的身影，拖着红色的行李箱经过安检。她登上前往美国的波音747飞机，7个小时后，将到达休斯顿，然后再转机至纽约。开始她的追梦之旅。

他在机场送别敏时，一直注视着她的身影，直至她消失在候机厅的拐角处。她并没有回头看他一眼。这令他有些许失落。

他的手机铃声响起。是泽。天熙，你往前看。他在听筒里说。在正前方不远处的马路上，停着一辆车。天熙快步走过去。是泽。依旧是牛仔裤，上身是套头连帽衫。天熙刚坐在副驾驶的位置上，泽便凑过来要亲他的脸。天熙伸出胳膊阻挡。但是已经晚了一步，泽的嘴巴结结实实落在了天熙的左边脸颊上。天熙反过来用力去捏他的下巴，作为报复。两人孩子般打闹一番，方安静下来。商议去哪里吃饭。最后决定去泽的学校附近找一家餐馆吃面。

车子汇入车流中。看得出来，泽已经对车子做了简单的装饰。选了日本产绿茶味道的车用香水。挂了一只红色流苏的平安符，是一尊佛像。他甚至准备好了数张CD唱片。朗朗，喜多郎，胡安尼斯，甚至罗大佑和黄耀明。黄耀明是泽的最爱。他有时会通宵不睡，趴在床

上看他的演唱会录像。就算天空再深。看不出裂痕。眉头仍聚满密云。就算一屋暗灯。照不穿我身。仍可反映你心。让这口烟跳升。我身躯下沉。曾多么想多么想贴近。你的心和眼口和耳亦没缘分。我都捉不紧。然后睁不开两眼。看命运光临。然后天空又再涌起密云。他跟着大声哼唱，并且泪流满面。这是唯一令天熙觉得泽不可思议的地方。

泽不再说话，双眼紧盯着前方，他努力让自己显得技术娴熟。只是握方向盘的手有些僵硬。他拿了驾照也没多久时间。车内安静下来。泽对他是认真的。他越来越感觉到这一点。这令他感觉到尤为不安。不安气息始终存在。

泽打开音响。不要停滞不前，仍有许多事情等着我们去完成。不要停滞不前，生活不是别的，只是短暂的瞬间。痛苦的经历都会过去的，所以，请留在这里，不要逃避。是胡安尼斯的《瞬间永恒》。也许是巧合，也许是泽故意放给他听。但他不想跟泽一同沦陷。泽背负的黑暗太过阴郁沉重。他也是。

这种感情是一种带着偏离世俗取向的美感。不止关乎勇气。那样的路走起来，充满新奇和诱惑，但是危险。如同某次旅行，暗夜里走在通往纳木错的路上。山路崎岖，一路颠簸。车外是茫茫暗夜，无边无际。温度降得很低，隔着车窗，亦觉寒意袭人，刺入肌骨。司机师傅对路况并不熟悉，令人尤加担心。在入山处，有人说起今天白天去纳木错的路上发生两起车祸。先后有一辆汽车和两辆自行车，人仰车翻，坠入万劫不复之境。倘若此事发生，后果不堪设想。车窗外是浓得化不开的黑，仿佛亘古如此。汽车如一叶扁舟，出没于夜涛之中。远处的闪电，银龙一般，又如刺破天空的利剑。一道接一道，此起而彼伏。亮过天空，转瞬即逝。一场大的暴风雨在酝酿中。未及合上眼，仿佛山洪爆发似的，骤雨从天而降。打在帐篷上，啪啪作响。几只狗在帐外徘徊地叫着，似乎在恐吓什么。

现在想来，那是多么冒险的事情。如果再次选择，不知道会不会还有那样的勇气上路。有时，表面的勇气，实际上却是鲁莽和冲动。鲁莽和冲动行事，势必会造成某种伤害。对自己，对别人。父亲去世后，天熙开始学会反省自己。他内心深处觉得，父亲的死跟自己一定有深刻的干系。虽则他不敢面对这一点。这些所谓的浅显道理，想必泽也一定懂得。但他执意前行。在天熙的心里，两人却是已经分开了。对于泽，他知道他的好，却内心里始终态度矛盾。由矛盾而接近倦怠。珍惜如何，不珍惜又如何。在他的心里，都一样是没有未来的。现实是一条河流，水流江阔，暗潮涌动。或迟或早，两人也只会各自站在河的两岸。彼此相望，或者相忘。他清醒地知道，这是宿命。

吃完面，将车停在校门口。两人在校园的操场上散步。许久未进学校的原因，天熙只觉亲切。虽然操场上并没有灯，但周围建筑物反射的灯光已经足够明亮。有人在塑胶跑道上三三两两地跑步，或者在练习拳术。作为国内最顶尖的艺术院校之一，学校的设施配备相当齐全。教学楼，宿舍，餐厅，多功能会议厅，演播室，图书馆，健身房，艺术展览中心。泽都一一指给他看。天熙在心里告诉自己，这是泽的学校。他的孤独而混乱的大学生活，就是在这里度过的。

及至读大学时，泽已经有了自己的房子。他即很少住校。除了几个谈得来的朋友，同班上同学的感情也淡薄。没有人关心他的去向，他们只觉得他有着超出同龄人的成熟与沉稳，也只会羡慕他出手阔绰，穿时髦的衣服，频频换名牌手机。无人会想到，在他的心里，曾遭受过如何的伤害，且阴影一直挥之不去。

两人从不曾深刻谈论过彼此感情的事情。天熙觉得尴尬，泽或许觉得不屑。两个人都是心里的阴影太过浓茂和繁盛。反而需要轻松的话题来调剂。他也并不知道如何对泽表达这些想法。无论怎么说，似乎都是伤害。似乎受天熙的影响，泽也变得沉默。两人同时向车子的方向走去。

周围一片静谧。天熙突然觉得很伤感。他停下脚步，注视着泽。他也注视他。天熙伸出手，抚摸泽的头。短短的头发，有些扎手。然后，他的眼泪就流出来了。但是没有让泽看到。也许，在心里，他也是喜欢泽的。只不过自己不愿意或者不敢承认这一点罢了。他终究无法活得如泽那般恣肆，顺性情而为。他的世界充满太多的道义和担当。必须选择一条明朗周全的道路，直指某种看得见的希望。时间紧迫，并无闲暇光阴再去试探，冲撞，摸索。他需要的，是如蓝那般的决绝。

母亲催促他带女朋友回家的电话一日多似一日。还有三天，敏就要回来了。

独行西贡 ——6

没有人要见，亦不知道要去什么地方。
不在乎名胜古迹。他要的只是一种自由自在的感觉。

且行且停。眼见得，前面一座白晃晃的建筑物。尖顶的塔尖上，十字架傲视尘寰。

1 是周末。晚餐照旧丰盛。

下午的时候，Kim min jong的妈妈兴致勃勃，亲自下厨做越南炸春卷。玲和天熙给她打下手。天熙笨手笨脚地把木耳丝、胡萝卜丝、香菇片和虾肉裹在透明的面皮里面，层层包裹好。放在一张圆形的竹席上。玲做了苦瓜炒鸡蛋和凉拌风味薄荷。Kim min jong则用微波炉做烧烤鱿鱼。天熙不擅烹饪，只有帮玲把丝瓜切成片，又帮Kim min jong在烤好的鱿鱼上洒了一点细细的辣椒粉、盐和其他调味品。

玲在厨房和客厅内往来穿梭。端盘子，拿着筷子。用娇嗔的语气跟妈妈说话。Kim min jong和天熙相视一笑。掀开锅盖，一阵白色热气猛烈上扬。蒸好的春卷香气随之四溢开来。是极温暖的生活场景。

天熙夹了一只春卷，蘸了几滴雨露。我明天打算去西贡。他试探着对Kim min jong说。西贡。这么突然。Kim min jong吓了一跳。他把天熙的话翻译给妈妈和妹妹。他们的面上亦是露出紧张和不解的神色。

吃晚饭一家人照旧围在电视机前。喝红茶，吃水果。天熙突然感觉一阵因单调而生的沮丧感。并且，他被自己这个想法吓了一跳。玲照旧坐在他旁边的沙发上。天熙，我读中文给你听。这是我在今天的中文课上学的。

天熙第一次觉得自己的心不在焉。

是该出发了。

2他借故有些劳累，冲完凉后直接上楼，躺在床上看书。

凉风徐徐吹进来。他的心里泛起异样的难过。乔达摩觉得拘禁他百世千生的监狱已经打破了，愚痴一直是监狱的看守人。由于愚痴，他的心被蒙蔽了，就好像月亮星辰被乌云遮住一般。心受到无尽的妄想波浪蒙蔽，错将现实世界分为：主和客、自和他、存在和不存在、生和死；这些分别进一步产生邪见——感觉、贪欲、执取和生存变化的牢狱。生老病死的苦，只是加厚牢狱的墙壁而已。唯一的工作就是把狱卒转来，看清他的真面目。狱卒就是愚痴……狱卒一旦走了，监狱将会消失，再也不会重建。他躺在床上，随手翻看枕边的《西藏生死书》。

狱卒一旦走了，监狱将会消失，再也不会重建。他重复这句

话，放下手中书。怔怔望着窗外的夜空。楼梯上响起窸窸窣窣的脚步声。Kim min jong也上楼来了。

他只穿了紧身的白色平角内裤。似乎也是刚冲完凉。头发湿漉漉的，几颗水珠犹自发梢滚落，经过脖子，缓缓行进在他结实的胸膛上。然后继续滑行，冲过Kim min jong有力的腹肌，消失在内裤的边缘处。

你确定要去西贡。他在床边坐下来。那就去吧。你开心就好。他的语气里透着一丝怅然。真是好奇怪。第一次见到你，只觉得亲切。仿佛曾经在哪里见过。他自顾盯着天熙看，摇头笑。

你呢。今天和女朋友过得开心吗。天熙把话题岔开。等你结婚的时候，我送你什么礼物呢。或者我要从中国不远万里，来参加你的婚礼。天熙难得地跟他开起了玩笑。Kim min jong低声笑。猝然往后一仰身，湿漉漉的头发就靠在了天熙赤裸的小腹上。

我啊。什么都不要。他嘟哝着说。什么都不要。

乘坐VIETNAM AIRLINES的航班，到达西贡已经是晚上八点多钟。立刻感受到它的嘈杂。更多的汽车，更多的林立高楼。并不是天熙想象中的模样。他住在NAGUYEN DINH CHIEU 大街的MINH TAM 酒店。冲凉后，打看电视，然后躺在床上看HBO的新闻节目。并无出门探险的热望。只觉得很是寂寥。

终于忍不住拨通了Kim min jong的电话。尽管只是分开了几个小时，却如同几个世纪那么漫长。你在那边好吗？通过电话线，可以听到他沉沉的呼吸声。还好。只是有些，有些想你们。天熙犹豫说。我妈妈和妹妹一直在念叨你。她们也说想你了。不知道你怎么样。心里忽然一阵感动。你呢。我。也想你。他压低了声音。但是语调铿锵坚定。不容置疑。我妈妈让我告诉你说如果你不习惯那里，就早点回来。我会的。

3 再一次在越南独行。

阳光炽烈。燥热的天气。他买了大瓶的矿泉水，戴着一顶浅军绿色的遮阳帽。在西贡的街上漫无目的地游走。没有人要见，亦不知道要去什么地方。不在乎名胜古迹。他要的只是一种自由自在的感觉。

绕过人们在排队买票的电影院。门口卖爆米花的学校。绿意葱茏的街心公园。街道上空电线密密麻麻，蛛网般盘根错节，有轨电车缓缓驶过。路边有卖东西的摊贩。卖报纸和水。卖鲜花和各种颜色的水果。卖帽子和墨镜。卖烤玉米和煮熟的红薯。以及当地产的一种面包。大排档前，甚至有人在表演杂耍。他仰起头，把一条长蛇缓缓吞入喉中。人们屏住呼吸观看。

阳光贪婪地炙烤着他每一寸裸露皮肤。脸。脖子。手臂。晒得发红发痒。有些路，只走一次。而那过去了的，终将不再回来。天熙的脑子里闪现这样的句子。凡所有相，皆是虚妄。所谓的缘起性空。世上的一切，原本都是因缘和合而成，并无自性。天熙叹了口气。要做到扫相破执、无相无住，终究是件很难的事情。

且行且停。眼见得，前面一座白晃晃的建筑物。尖顶的塔尖上，十字架傲视尘寰。是一座天主教堂，周身刻着精美的浮雕。在阳光下投下巨大的阴影。不是礼拜日，教堂的门紧紧闭着。看不清里面的丝毫情形。缓步踱到教堂的右侧，是几排露天的座椅，同样是洁白的颜色。找了其中的一个座位，坐下来。闭上眼睛。心里顿时变得安静。仿佛进入湖底的最深处，失去了意识与思维，失去了自我。

父亲，你的存在真的是幻空吗。

他又一次见到了父亲。天熙，你来。他听到他低沉的声音在召唤。他循着声音前行，穿过一道道流泻的银色山泉，穿过一片青苔密布的深林，步履蹒跚，跌跌撞撞。最后在山林间的一片空地上停留下来，他看到他。依旧穿着那件中山装，藏青色的咔叽布，剪裁得体修身。口子系得密密实实，衣领笔挺。他留着分头，双目炯炯，面色红润，充满风发意气。是照片上年轻时候的样子。

父亲，你过得好么。他想问他，但是他感觉窒息，梦魇似的，一个字都无法讲出。

他只有定定注视他，如此贪婪。他害怕他会再次消失，丢下他一个人不管。就像小时候，他带他去金牛公园的狮虎山。他的脚上穿着一双红色的虎头鞋。穿手工缝制的蓝白色兜兜褂。看着假山下坐卧行走的几只老虎，他兴奋地又跳又叫，松开了他的手，走到前面，抓着护栏。他把脸紧紧贴在锈迹斑驳的栏杆上，以便看得更真切些。老虎突然发出怒吼的咆哮声，人群被惊得往后退，他亦赶紧松开抓住护栏的手，退到人群里，继续观看。不知不觉间，他被人流所挟裹。幼小的身影在嘈杂的人流中旋转，他试图寻找他的身影，但是终究看不到。只有站在那里又害怕又伤心地呜呜啜泣。

一个男孩子，却总是爱流眼泪，或许将来不够坚强。曾经有亲戚不无担忧地评论说。但他总是对此不以为然，这或许只是与他的出生日有关，命里多水。他淡然解释说，语气充满爱怜。命里多水，父亲的无心之话，如同谶语。他后来的生活，果然如水般蜿蜒流淌，充满动荡，并且不羁。是，他出生那天，6月21日，适逢夏至。激烈的炎热高温后，是突如其来的响雷闪电，一场持续的暴雨席卷整个久旱的华北平原。河流和沟渠里的水漫延出来。院子里的泥墙被冲塌。街道，田野，到处都是深水。水甚至从最深的井口溢出来。几乎无法劳作，无法出门。而似乎亦只是一夜之间，原本几乎要干涸见底的沟渠和池塘，居然生出朵朵莲花，花苞次第涌现，盛开。层叠的荷叶，宛如绿色华盖，飘浮于水面之上。粉红与洁白

交错的花瓣，明艳灼目，灿然怒放于倾盆而至的暴雨中，成为众口相传的神迹。

一只大手从背后捂住他的眼睛。他闻到他手指间散发的廉价香烟味道，如此熟稔。他把他抱在怀里，抹去他眼角的泪痕，用浓密的胡子去扎他的脸。他满怀歉意地说，对不起，天熙，我只是去买了一包烟，没想到差点丢了你。然后，他递给他一只已经开始融化的娃娃头巧克力雪糕。他揉揉哭红的眼睛，立刻破涕为笑。

他伸出手去，想再去抱住他。但是，他却转身离开。只留给他一个背影。父亲。他跟在他的后面低低哭喊。他的步速却突然加快，对他的哭喊声，似乎亦是充耳不闻。只顾兀自前行。显见，他对此地的地形甚为熟悉。越过一个山坡，他的身影倏忽消失不见。

是。母亲说，在父亲离开的头天晚上，她做了一个梦。梦见父亲正走在一条缭绕着白色云雾的山路上，向着深山里走去。任她在后面千呼万唤，他亦是执意不肯回头。去意决绝。

父亲的猝逝。令母亲悲伤不已。她身患一场大病。腿脚疼痛，许久才恢复过来。天熙目睹了她的哀伤。那已经用言语无可描摹。那一刻，天熙所能产生的最卑微的愿望即是，如果万一某一天母亲离开人世，那她一定要走在我之前。他无法想象，如果自己先她而去。她该是何等的悲恸。他对死亡的唯一恐惧，就是担心自己会先母亲而离开。

在母亲病愈后不久，天熙突然患了急性喉炎。说不出话，无法进食。只有去医院做静脉注射。执意一个人去，不要母亲的陪伴。坐在输液室里，看着氯化钠注射液和甲磺酸加替沙星的混合液体一滴一滴缓缓落下，透过针孔进入的体内，以消除炎症。只产生恍若隔世的慨叹。

母亲更换了家具，挂着结婚纪念照的相框摘下，父亲用过的衣服被褥等或者被烧掉，被扔掉，或者送至乡下的亲戚家。她企图涂抹掉父亲留下的任何痕迹。而在天熙的钱包里则留了父亲年轻时的一张黑白照片。是在他当过兵的苏州。照片的一角是苏州园林的亭台楼榭。他站在水边的假山石旁边。戴一顶军帽，穿了笔挺的军服。无比的俊朗挺拔。

类似的照片还有许多，母亲嘱咐天熙把它们收在箱侧的最里边，压在箱底。不愿意再看到一眼。

离开教堂，在街上邂逅一场突如其来的暴雨。眼见得雨水像从天上被倾泻下来。所有的行人都措手不及。停了摩托车，在店铺的檐廊下躲雨。卖帽子的店铺老板犹在沉睡，发出轻微的鼾声。不知道他的店铺门口已经挤了一堆避雨的人。而街上的积水已经像是湍流的沟渠。没过脚踝。

十几分钟后，雨停。人们散开，继续各走自己的路。

4 安顿好母亲，天熙返回北京。

依旧是上班，下班，采访，出差。但他知道，自己的世界已经不同。只觉内心异常压抑，充满忧伤，感觉彷徨无助。他亦知道自己面临巨大精神危机，需要拯救，便尝试找寻解脱之道。他开始去寺庙，也去教堂。听梵音，也听赞美诗。接触一些心理学以及与性灵有关的东西。之前接触这些，是为了获得一份安宁，让心情沉静。现在则希望借此可带来某种慰藉，扫除心中障碍。他花更多时间独处，只与极少的朋友往来。工作外的时间极少讲话。别人看他性格与之前并无二样，但他自己意识到已有轻微的自闭。

周末时，常去位于北京西北角的一座教堂。那座教堂周围充斥着大小的电子商城和IT行业的网络公司。号称国内的硅谷。手机，电脑，杀毒软件，各种最新电子科技产品的广告招牌林立。出了地铁站，已经是漫天飞雪，寒意凛然。铺天盖地的雪花如同一张白色罗网，将世间包裹。他在深雪中趔趄行走。进到教堂，早已经座无虚席。巨大的穹隆顶下，有穿黑衣的神父在布道。他的身影被投射在大屏幕上，以便每个人都能看到他。人人都手执一本圣经，低头，表情肃穆而庄严。天熙身旁站着一个年轻女孩子，戴着一副金属框眼镜。脖子上裹着厚厚的蓝色长条围巾。她一直在低声絮絮的念祷告词。眼睛紧闭，沉浸在与上帝交流的情境里。听不清她在说什么，但是她的语速似乎越来越快。不一会儿，便泪流满面。是的，泪水如泉涌般，顺着她的脸颊流淌。

也常去金宝街的一家茶馆。茶馆门口挂着两盏古朴的红灯笼，上面以繁体汉字书写着茶馆的名字。茶馆的老板是一位台湾人。他笃信佛教，待人友善，永远笑容可掬。一脚踏入茶馆，便如同迈入另一个清凉境界。茶馆进门右手方向是藏传佛教中不动明王的塑像。墙壁上亦挂有唐卡。黑色，金色，红色，笔触细腻，精到传神。茶馆的每一个角落都遍种植株。皆是清一色翠绿的颜色，滴水观音，龟背竹，蕨类植物，藤萝蔓延，层层叠叠。茶馆里养了几只蝈蝈，清脆叫声此起彼伏。如同置身田野。除了茶，在茶馆里还可以买到各种燃香。尼泊尔香，印度香，以及藏香。去得久了，彼此便成了淡如水的朋友。会用自制的大麦茶招待他们。喝到嘴里，自有一股独特的麦芽香气。他在这里跟台湾的店老板聊天，喝茶，吃一些简单的素食。米饭，赤豆粥，自制的咸菜，胡萝卜和土豆煮在一起做汤。

5 天熙开门。

客厅里，沙发前铺了一张厚而光滑的毯子。长度为2米左右，宽度则有1米8。是阿拉伯风格的仿古软花纹样式。细密工整。有墨、绿、蓝、湖蓝、金黄、月白的颜色。大小不同的菱形格纹布满

毯面。四周饰以星状碎花。四边亦有重叠的米字格纹样。天熙看着那张毯子，略略有些发怔。上次他和泽去一家卖毯子的店铺，虽有数十种花色，始终觉得未免有些平淡。看着天熙的表情，泽面露得色。完全是手工编织，制作这样一块毯子，需要耗费数名手工艺人将近大半年的时间。当初买下它的时候，也不过一万块钱左右。因为过于耗费人力和时间，所以现在基本已经停产了。已经生产出来的，被人热烈追捧，趋之若鹜，价钱也是翻了数倍。我觉得你会喜欢这样的图案和花色，所以让我爸爸寄过来。泽淡淡说。近些年，他开始对我怀有内疚之情。较之前更关注我，语言也温和许多，也许是他已经渐渐老去的缘故。

天熙，在遇到你之前，我一直觉得自己是没有根的植物。如同田野的蒲公英，或者是水塘的浮萍，被风轻轻一吹，就会飘散流离，不知所终。身世浮沉，飘飘摇摇。我一度迷恋叔本华的悲观主义哲学。觉得生命是晦暗的，我的世界里没有日月星辰，只有充斥着虚空的黑洞。我痛恨别人的幸福，诅咒别人的快乐，我更抱怨命运对我的不公。我一个人去坐旋转木马，一个人在林立的摩天大厦下行走，一个人去寺庙看满树的玉兰花。洁白盛开，丰厚沉坠。但是，在别人面前，我愈加态度嚣张不羁，言辞夸张凌厉，甚至气势飞扬。我憎恶别人试图探究和挖掘我的心思。我一定要把自己隐藏得很深。

直到你出现。天熙，我看到你的出现。那天，你在跟很多人寒暄，但是我依旧可以看到你流露出来的隐约孤单。而当你冲我微笑，我看到你笑容后的寂静和辽远。我有一股强烈的冲动，想要认识你。或者更自私的真相是，尽管从来不曾奢望有一个人会一直陪着我，我依旧需要一个人，陪着我一同慢慢陷落。这个城市里，我们认识太多的人，我们的周围也有太多人。但大多数情况下，彼此的生活并无交集。你的存在与否，亦与他们无关。无论是存在，还是消失，都是自己一个人的事情。并无太多人关注。这是现实。

但是终究，你的出现令我看到一丝光亮。尽管我不知道这亮光到底来自何处。我也感觉到自己内心的某种改变。蛰伏的情感在苏醒。原来，在我所仰赖的食物之外，还有另外一些东西存在。我觉得自己刚开始踏入一段旅程。这是许久不曾有过的感觉，天熙，我多么希望你能跟我一起走在路上。

6 敏从美国回来。

几天后，他们约在国贸见面。她穿米白色风衣，略略有些宽大，却不显突兀。双排扣，有大口袋。功能实用，可以放手机或者钱包。是旧时的款式。穿在敏的身上却是没有意外的妥帖。牛仔裤已经磨得很旧，似乎很久不曾换洗。高帮的亮褐色皮靴，蒙了一层薄薄的灰尘。简洁，利索，是她一贯的中性风格的装扮。头发随意挽在脑后。她还在倒时差，神情有些倦怠。天色近黄昏，天空依然是亮蓝。国贸桥上是一道绯红色云彩，如同晕染过的棉布。

正值下班高峰期。下班的人群涌向地铁口，或者路边的公交站牌。他们面上布满灰尘，身影疲惫。近处林立的高端酒店和餐厅，以及昂贵的商业住宅和奢侈品专卖店，与他们中的大多数无关。多数人穷其一生，只是为了要在这座城市得到一座房子，可以安身立命，可以对自己和家人有一个体面的交代。但是动辄上百万的高昂房价令这种祈望的实现变得几乎毫无可能。也许，他们中的某一些人，正在计划逃离这座城市，寻找生活的另一个出口。在他们眼里，这座原本充满古老气息的城市，现在只是一座高速运转的商业机器，流连沉湎于无止息的发展和扩张。旧房被拆迁，历史遗迹被渐次消除，新建筑的高度不断被刷新。这座属梦的城市，原本令无数外乡人膜拜于它的造梦能力，以及实现个体价值的可能。但随着它的日渐繁盛，却让居住其中的人产生无可抵挡的凛冽寒意。

坐在港式茶餐厅的猩红色沙发椅上，敏的神情愉悦了不少。她熟稔地点单，做派和泽有几分相似。清炒芥蓝，香辣茶树菇，蟹黄蒸饺，龟苓膏，大份的金枪鱼蔬菜沙拉。她吃得很快，似乎很久没有进食。食相带着某种天真的贪婪，对天熙并无顾忌。纽约是我梦想中的城市。她说。建筑物亦多是方正，但并不粗糙。一律是泛着微黄的怀旧颜色。她住在时代广场的酒店，可以步行去其他地方。迷路时向陌生人问路，得到的是详细而礼貌的回答。并无传闻中的大都市人的漠然。拍地下铁里的涂鸦和拉手风琴的黑人男子。去纽约下城的几家艺术书店。她买了整整一行李箱的书，多是国内看不到的摄影画册，最后不得不办理行李托运。去第六街区大都会博物馆看敦煌的壁画和唐代的瓷器，发现等待排队的人甚至穿过几个街区。去永远时髦且年轻的苏荷和东村。看最前卫的话剧和摇滚表演。创造力，混杂，充斥波希米亚式的热情和散淡，又有条不紊，严谨整饬。

有许多藏家对她的作品感兴趣。他们甚至为此在旧金山单独加了一场展览。他们请她在希区柯克电影中出现过的一个餐厅里吃饭，喝当地出产的粉黛安葡萄酒，吃新鲜的牡蛎。是一家海边酒店，玻璃窗外即是太平洋的海景。时有海狮在浪花中出没。去渔人码头边的一个露天农贸市场。她拍摄买菜的美国老太太，用自制的竹篮子购物。已是祖母的年龄，却化了浓妆。唇膏的颜色和外套、帽子的颜色一样，都是鲜亮的玫瑰红。她对着她的镜头微笑。市场里有一家花店的老板是帅气逼人的中年男子，有着一双迷人的蓝色眼睛。他穿鲜亮的红色背心，蓝色牛仔裤。手臂有一层金色的汗毛，他伸出细长手指，把新鲜（颜色）的风信子和蓝色鸢尾花插在玻璃瓶子里。动作缓慢轻柔，充满感情，仿佛捋其情人的秀发。年轻人穿旱冰鞋，或者滑着滑板如风疾驰。情侣们穿色泽鲜艳的衣服，在阳光下旁若无人地亲吻。

有朋友打来电话。她中断叙述，边听电话边大笑。她告诉天熙，是一位女朋友打来电话。刚刚失恋，约她去酒吧喝酒。她已经吃完。我有些累，想先小憩十分钟。她对天熙说，你可以慢慢吃。天熙说，好。他喜欢她在他面前流露的这种随意。没有生疏，没有距离。不像跟其他同事或老板吃饭，须言行谨慎，或者揣摩对方的意图。她倚在沙发上，阖上眼睛。他则慢慢夹菜，将剩余的菜夹到自己的盘子里。茶树菇太辣，只有舍弃。他在想，是否要找一个合适的机会向她表明自己的心意。

他知道她有过两段感情经历。第一次的时间是七年。那时，两人都爱好摄影。也曾热衷于端了各自的相机参加朋友的婚礼。拍摄照片，回来认真讨论哪张照片拍得比较好。镜头前见了太多的白色婚纱和敬酒场面，七年，但是也终于结束。终究没有逃过七年之痒。恋爱的时间太久了，但并没有结婚，于是最后两人都觉得倦怠。她干脆主动说，那就分手吧。对方不置可否。第二次是两年。对方是在北京认识的一个朋友。无论是家世还是工作，对方都无法与她匹配。相熟的朋友劝她，别让自己陷得太深。她执意前行。开始与他一同居住。结果某一天她外出提前回家，居然撞到他与另一个女子在一起。她惊骇而讶异，感觉出离愤怒。对自己的判断感到异常失望。她冷冷瞥了那女子一眼，见她腰身粗糙，言行粗鄙，长

相亦并无任何过人之处。她始终沉默，把自己关在门内收拾东西。那女子很快离开。他敲她的房门，向她道歉，言之凿凿，声泪俱下。他的行为却愈加令她感觉到自己的屈辱。她收拾简单的衣物和化妆用品，拎着一只灰色皮箱离开两人租住的公寓。懒得说话，懒得再看他一眼。对于其他的诸多物品，她亦弃之不顾，不觉可惜。

只是从此对所谓的爱情感到失望。甚至开始怀疑它的存在。于是把更多情感更专心地投入到自己的摄影创作中来。不再把过多的期望寄托于外界。偶尔会哭泣，但性情渐趋坚韧。亦不再觉得爱情是生命质量的唯一指数，如是觉得自己是有所依附。这么多年，也看到了自己身边朋友的婚姻状况。早先结婚的，纷纷起诉离婚。第三者，外遇，一夜情，性格不合，职位升迁，财产纠葛。各有各的缘由。不离婚的，亦是各有缘由。孩子，面子，房子，或者闹够了，懒得离。都是现实的理由。不离亦不弃，同床异梦，不想明天。全然不顾生活向着危险的悬崖深处滑行。她曾经为他们拍下华丽的婚纱照，妆容俨然，深厚情感，山盟海誓，但终究统统敌不过时间的戏弄。

不到十分钟，她已自己端然醒来。天熙已经结完账，静静等她。她的神色好了许多。恢复了固有的活力。掏出随身携带的单反相机，开始对着天熙拍照。你的脸小，非常上镜。她说。她脱掉鞋子，站在沙发上，无所顾忌。同时让天熙做出各种动作和表情。蹙眉，凝神，神思，或者双手交叉，放在脑后。现在，他是她镜头里的人物。而她说，也许某一天，我会出现在你的小说里。两人下楼，去往地铁的方向。她住在较远的东四环。自己租了一百多平米的房子，原本计划做摄影工作室，接一些商业拍摄。但是终究不愿为此浪费自己的创作时间。只是房子已租下来，租金稍贵些。好在她不是性情铺张浮夸的人，宁可在吃穿用度方面稍加节省，便住得舒服些。两人一路向东，走到新光天地旁。她突然改变主意，转头对天熙说。我们要不要去新光天地里面逛一下。天熙点头默允。她便打电话给女朋友，与她沟通自己的想法。数分钟后，她欣喜地告诉天熙。原先的约会推掉了。天熙心里暗笑，一直以为她做事雷厉风行，原来也有朝令夕改的时候。

进到新光的地下一层，正热热闹闹地促销打折。化妆品，名牌鞋子，皮包，香水，瓷器。法国，意大利，英国，西班牙。敏拿起一件黑白色格子的连帽衫展示给天熙看。天熙老实地摇头说，不适合你。敏叹息，指着旁边的光合作用书店，你去看书，我自己看衣服。天熙听话地进入书店。不时朝敏的方向张望。翻了几本书，终觉无趣。又出来看敏，她手里正拿着一件黑色短袖棉T恤衫。胸前的图案是BEATLES乐队组合。她顺手把手里的包递给天熙，自己进了试衣间。几分钟后出来。黑色T恤衫非常符合她的性格。但是今年流行裸色。敏大笑。她又选了一件接近皮肤颜色的同类款式的T恤衫。天熙站在一旁，说，不错。售货员开票给敏。一边对敏说了句什么，敏听后哈哈大笑。她对天熙转述售货员的话，你的先生体贴而有耐心。天熙亦是开玩笑说，先生是用来买单的，我还未给你买单，就直接晋级了么。话一出口，便觉伤感。他可以请她吃饭，但是设若他替她刷卡，那又算什么呢。她会答应么，还是义正词严地拒绝。即便她答应，似乎已无法证明任何问题。她绝非轻佻的女孩子。他深深地知道这一点。或者，她的这句话是否有所暗示。他疑虑不定。

梦幻泡影——7

一个小时左右的车程颠簸。终于到达湄公河边。

去往海边的路是一条宽阔的土路。汽车急驰，马车晃悠悠地走，一样的尘土飞扬。

1 天熙雇了一辆出租车去看湄公河。

一个小时左右的车程颠簸。终于到达湄公河边。

湄公河。中学地理课本上的湄公河。杜拉斯的湄公河。印度支那的湄公河。水波不及想象中的浩荡，但也烟波浩袅。天熙先乘坐大渡轮，他站在船头的位置。看到船身飞溅起高高的白色水花。闻到浓烈的水的腥味。十数分钟后，便由此岸到彼岸。然后换乘一艘涂成蓝色的独木舟。两头尖尖，向上翘起。当地人划船。上船的时候，他心里有些隐隐担心，害怕会掉到水里去。

河中有大大小小的岛屿。小舟离开主河道，沿着河汊，向那些岛屿划去。小舟在纵横的丛林水道间穿行。堤岸上，高大的椰子树，棕榈树，以及大片的芭蕉林。是浓茂繁盛的热带雨林。藤蔓低垂，层层叠叠的绿色，如同置身幽远梦境。

在湄公河上看日落。夕阳红得像玛瑙。镶嵌在西方天空，镶嵌在浩淼动荡的水波上面。如果溯流而上，便可到达柬埔寨。动身启程，旅程的开始永远都是这样。遥远的旅程永远都是从海上开始的。杜拉斯说，这条位于热带季风气候中的惆怅的河流，阴暗与光明对峙的深渊。它其实是一条江。从喜马拉雅山麓开始，曲曲折折，百转千回，一直流经至此。形成广阔的三角洲，最后注入南中国海。裹带着泥沙，亦裹带着希望与挣扎。

水深，江阔，近乎没有边际。幽深浑浊的水面，动荡，起伏。漂浮着细细的水草，叶片肥厚的水葫芦。越南船夫用磕磕绊绊的英文告诉他，这繁殖力顽强的植物，曾一度覆盖在湄公河辽阔的水域上。他小心翼翼地伸出一只手。去触摸湄公河的水温。这热带的河水，带着深邃凉意，自指尖传遍他的身体。

2 从湄公河回来，天熙收拾行李，退掉酒店。

告别酒店那个年轻门童。他肤色黧黑，穿着笔挺帅气的制服。他亦可以讲简单的英文。他指着地图告诉天熙，他的家在永隆。

乘公交车去西贡附近的一个小镇。晚上住宿在一家客栈。房子设计极具浓郁的越南风格。高大院墙，白色，画着兰草或竹子的图案。高的门头，没有雕梁画栋的富丽，自有一番简洁的意趣。

方形的院落，庭前有各种盆栽花卉。枝叶扶疏，散发勃勃生机。廊前有木质长椅，可以纳凉，看书，抬头看天，或者发呆。爬到三楼顶层，便可俯瞰小城的大部分。大片青色砖瓦房顶，起伏如

大海的波涛。

清晨醒来，已是晨曦初露。小街静寂着。空气薄凉。慵懒，然而干净透明，仿佛不染杂质。年代久远的青色的石板路，曲折的巷子，延伸。那些古老的房屋，有着红色的朱漆大门。岁月剥落了颜色，没落，却呈现曾经沧桑的美。墙上生了嫩绿的野草，还有牵牛花。浅粉或深紫，阳光里仿佛花瓣也是透明的。轻轻荡漾。

远处的苍山，连绵而逶迤，苍茫无尽的绿。白色雾气笼罩着，上升或下降，也因此呈现出深深浅浅的颜色。当地人走过。神态从容平和的男人或女人。脸色有深重的红，穿青色粗布衣服。背着竹筐。偶尔轻轻交谈，抑或沉默。身影慢慢消失在拐角处。偶有如他一样的过客，手里拿着相机。东拍西拍。拍轮廓鲜明的檐角，街旁的路灯，石板路的深深裂痕，门上的铜质扣环。甚至，拍下自己投在地上的长长的影子。

白色的溪水，清凉而潺潺，哗哗流淌，自高处至低处，永远是不疾不缓的速度。在街道拐角处，有附近的村民在兜售鲜花。极鲜艳的颜色，各尽妍态。花瓣上带着晶莹水珠。金黄，猩红，明紫。合计人民币两元或五元一把，极便宜的价格。那些村民来自山上，他们头戴着尖角斗笠，裤腿上甚至还有泥巴的痕迹。不管买花与否，他们都笑眯眯地看着你，淳朴而自在。

租车行的老板娘是一位娇小的女子。天熙跟她很快谈妥了价钱，15元两个小时。选中了一辆蓝色黄色相间的山地车。并无任何目的地。城西门是一座古朴的城墙。正对一条横贯南北的公路。骑车，看风景。苍茫原野，高大的农作物。大片金黄的向日葵，茂密而生机勃勃。碧蓝发亮的天空。远山绵亘。

去往海边的路是一条宽阔的土路。汽车急驰，马车晃悠悠地走，一样的尘土飞扬。路边有河渠，掩在及膝的密草间。可听得哗哗水声。有农人在田间劳作，戴着斗笠。白色的农舍，灰瓦白墙。时有人影闪现。经过一个村子，离海已经很近。种了很多花，灼灼如桃，但并不是桃花。是三角梅。有古老粗壮的枝干。在蓝天下盛开，极为触目。人一副悠闲的样子，小孩子追逐嬉戏，老人抽烟袋，狗撒欢乱跑。一种极宁静的自由。

回到客栈，去一家著名的馆子吃饭。街边露天的一张桌子。新鲜的菜蔬，深绿或者紫色。还有鱼以及一些别的水产品。要了素炒金银花菜，清蒸湖鱼。喝当地产的一种啤酒，琥珀般透凉的浅褐色。甘洌，清爽。

看远山和浮云，并且独自沉默。暮色降临，小镇的街道上人头攒动。不同语言，不同肤色，不同服饰，热闹之至。灯火渐次亮起。咖啡馆和酒吧里人声鼎沸，到处挤满了寻欢的人。回到客栈，他给Kim min jong打电话报平安。告诉他已经定了返程机票，明天回河内。Kim min jong的声音听起来有些讶异而欢喜。这么快就回来。

是。我想你们。原来，他只是一个孤单的旅人。

3 天熙去拜见一位西藏来的更噶堪布上师。

他15岁时即落发为僧，便心志笃定。亦曾从家乡一路磕长头至拉萨朝觐佛法。后来更在印度北部的一座著名佛学院研读佛法。他精通奥妙佛理。同时担任葛举辩修会的会长。天熙在西藏旅行的时候，曾去过拉萨北部的哲蚌寺。绕进寺庙的院子，陡然看到一群穿紫红衣袍的喇嘛正在辩经。在长长的廊道里，寺庙院墙的墙角阴影里处，或是暴晒在炽烈的高原阳光下。两人一组，一问一答，或立或坐，啪啪清脆拍手之声此起彼伏。声起，其妙莫名，如因缘和合。声落，稍纵即逝，如万般无常。辩经是僧侣每日下午必做的功课。论辩双方需智慧具足，心机纯熟，且通晓经纶。结果必分高下，但是却无人执著于胜负。虽听不懂他们辩论的内容，天熙却觉得有莫名感动。

是位与昂贵地段的高级公寓。客厅里铺了厚厚的一层地毯。空气中弥散着藏式檀香和茉莉香的混合味道。上师盘腿趺坐在长沙发上。四十开外的中年男子。短发。寻常人装扮。穿印巴风格的浅白色亚麻布上衣。手里持着一串紫红色的念珠。他的面容慈悲，似笑而非笑。眼神有着宁静和单纯。见到他，天熙只觉心里万分安静。

感觉是沐浴在清凉的月光下。内心仿佛得到轻柔的抚慰。他向他双手合十后，然后默默坐在地毯上。

父亲去世后，天熙只有一次做梦梦到他。父亲说，我已经走了。我放心不下你们，但是无能为力。我现在很好。你要好好生活。替我照顾好家人。天熙，我是爱你的。你始终是我期待的最出色的孩子。天熙看到他的面容饱满洁净，嘴唇上有一层薄薄的青色胡茬。他微笑，并且眼神柔和，透露着某种光泽和神采。仿佛是刚刚二十几岁时意气风发的模样。依稀能闻到他身上的烟草香味。在很小的时候，他便迷恋他身上浓浓的烟草气息。为了省钱，他一直抽便宜的烟。大前门，或者其它牌子。到老亦是如此。天熙工作后，买好的烟给他，他心里应该欢喜，却往往表现出嗔怒。曾经过过艰苦的生活，他始终害怕贫穷，害怕浪费钱。天熙不说话，只是定定注视着他，无比贪恋。害怕他会消失。他低低啜泣而至哽咽。他从哭泣中醒来，满脸泪水。父亲终究还是不见。他在黑暗里坐起身，感觉无限孤独。月光润泽，缓缓滑过窗台。凉意在心中回荡起伏。此岸。彼岸。生与死的界限，是这样的分明。

天熙心中一时异常难受，如万条江河涌动。父亲的死亡，他从未向他人提及过。一直自己承受，并且默默寻求答案。他希望上师能通过他的法力，帮他看一下父亲在那边究竟过得好不好。但是又觉得自己的这个想法太过荒谬，近乎迷信。上师，我想知道从佛家的角度讲，一个人为何会选择自杀。他嘴唇颤动，嗫嚅讲出这句话。话一出口，两行热泪即刻顺着脸颊流下。

上师定定注视着他，半晌不语。这目光清明透彻，温和有力。天熙注视他的眼睛。渐渐平静，内心的潮汐涌动亦渐趋止息。他一颗一颗捻动手里的念珠。缓缓而语。一个人选择自杀，是因为对生命太过于执著。所谓太过执著，意思是妄图使世间万事都按照自己的意愿来运行。当事情与自己意愿相对抗，或者达不到自己的期许，便抱憾失望，便乏力面对现实，由此生出诸多怨恨之心。所以因自杀而往生的人，往往是死于自己内心的怨气。生命原本是富于灵性的，但是，太过执著，便是给自己的灵性套上了枷锁。执著，是对生命的最大错误解读。放弃执著，选择放下，拥有一颗出离尘世的心，才会还原到纯粹的生命本身。人身难得，生死无常，轮回过幻，放下才是解脱。

所谓信仰，亦只是一个人内心的修习。宗教解决的另一个问题是如何看待死亡。生与死，不是对立的。他们是一体。死亡并不是一切的终结，而只是一段新路途的开始。无论有神还是无神，信还是不信，只要能够日日自持，控制欲望，善良而不贪婪，都将是一种积极的人生态度。

天熙凝神谛听，只觉心中悲喜交集，似有所悟。

4 他知道他在楼上，透过落地玻璃窗的窗纱看他。

玻璃窗后，是一张阴郁的，忧心忡忡的脸。

他赤脚走在楼下花园的林木间。一场雨过后，初夏的花园里，植物愈加繁盛。白色和紫色的丁香。即将凋谢的玉兰。金盏花。石榴树。白蜡树。更多的植物不知道名字。他对于植物的了解，乏善可陈。气候一直反常。天气几乎直接从冬天跳至夏天。天熙在楼下花园散步。暖风。他原本是穿了宽松的青色运动裤和咖啡色衬衣在花园散步。四顾无人，干脆脱掉脚上的运动鞋子。赤脚在一段石子铺就的花间小径上缓步行走。如同古代的日本僧侣那样，默默静思。

天熙感觉到了自己的烦躁。他觉得自己已经彻底迷失。离开是唯一的选择。有时，他对自己感到愤怒。这样与泽的纠结究竟算什么。客厅门口两人并排放的拖鞋。衣柜里熨烫整洁的各自的衬衣，牛仔裤和外套。同一只白色瓷杯子里的牙刷，蓝色花纹的浴巾。两人共用的UNO爽肤水，LANCOME MEN的发蜡，绵羊润肤露，韩国牌子的蜂蜜香皂。食物塞得满满的冰箱，甚至厨房里窗台的一盆薄荷。都开始令他无法容忍。这算什

么。他质问自己。泽说，他刚刚踏上一段旅程。但是，在天熙看来，这旅程，再往前走，亦是没有光亮的。藉着寒冷，他们彼此靠近。但是，彼此的孤单，无可安慰。如同行驶在茫茫大海上的航船。开始有了漏洞。海水灌进来。两人的遇见，注定是一场沦陷。

在开始之前结束，一切都还来得及。

天熙花更多的时间与敏在一起。他以为他在恋爱了。或者，他表现得像在恋爱一样。敏的生日。他请她在一家泰餐厅吃饭。外观看起来像一座东南亚风格的寺庙。环境幽静。顶楼有露天的花园。现场音乐演出，可以举办派对。宽大舒适的沙发，适合饭后聊天。纱幔。珠帘。熏香蜡烛。泰国木雕神像。铮亮的铜水壶。是他和泽常去的一家餐厅。他穿蓝色竖条纹的衬衣。用了淡淡的BVLGARI香水。他们坐靠窗的一张桌子，点了咖喱皇炒蟹肉，芒果大虾，木瓜沙拉，两瓶啤酒。他小心翼翼掏出一个包装精美的盒子。是送给敏一件礼物。一盒比利时巧克力。精巧而方正的铁盒。黑白相间的图案。居中的黑色字体，是英文的大写字母。I LOVE YOU。是天熙特意请朋友从国外带回来的。

他心怀忐忑，双手把礼物送给她。从未有过的慌乱。她微笑，接过来看，却是默然。天熙捕捉到她面部神情的细微变化。天熙，她说。他等她的下文。她却不再说什么，只是夹菜。酸虾汤端上来。热气翻滚。她先为天熙盛了一小碗。

天熙，我们做朋友。但是我们不能谈感情。这太可笑了。她直视天熙的眼睛。没有什么比爱情更可笑的事情了。现在，我只希望认认真真去做自己的事情。爱情太危险。爱上一个人比不爱一个人更可怕。把你的全部能量，全部激情，投射到一个第二天很可能会消失不见的人身上。当然，我不是指你。

天熙，我相信美好爱情的存在。但它与我无关。我承认在这方面，我是一个悲观主义者。我们可以抱着互相取暖，但无法彼此依赖。我不想依赖谁，除了自己。更不要说什么我爱你，听起来愚蠢又可笑。我宁可爱一座城市，爱一片流云，爱一块石头，但是，我决不会再对一个人说我爱你。与生存相比，死亡是永恒的。与真实相比，虚幻是永恒的。与守候相比，分离是永恒的。与记得相比，遗忘是永恒的。与饱满相比，空洞是永恒的。

我了解你的心事，不代表我要拯救你。这是两码事。况且，天熙，我无法拯救你，有时我甚至无法拯救我自己。爱情无法带来拯救。我的黑暗与挣扎，同样无法示人。没有人可以看到。生活对每个人都不容易。

你自己想清楚，你来到北京，是否就是为了过平庸寻常的生活。像大多数人那样，盲目恋爱，结婚，贷款买房，买车，生孩子，为生活所奴役。开始吵架，遭遇婚外情，或者一夜情，出现第三者。她或他更有吸引力。离婚，分道扬镳，各自寻找下一个目标。或者就此对生活失望，麻木庸常地继续过下去。不，至少这不是我要的人生。

我不想依赖谁，从来没想过。但是，天熙，我需要机会。抱歉我没有告诉你，我已经有了男朋友。他是我的画廊经纪人。

天熙一直在听。敏的最后一句话，令他震惊。他瞪大了怀疑的眼睛。以为自己听错了。他们的年龄足足相差20岁。因为他的帮助，我才得以有机会去到美国，有机会去为自己的作品做展览。这个行业竞争太激烈，要想从中脱颖而出，实在太难。我已经不是小孩子，我知道自己要什么。她语调柔和，却不容置疑。我很快会辞去杂志社的工作。专心完成我的艺术创作。然后去国外做巡展。然后，她的语气迟疑，会跟他结婚。天熙，我已经付出了太多。我不能再容忍自己的默默无闻。这也许是我最后的赌注。她将杯子里的啤酒一饮而尽。眼中有隐约泪光闪现。

5 一场迅疾的感情。

未来得及生发，便灰飞烟灭。事情如此简单的发生。充满戏剧性。也仿佛一切都预先排演好。

敏果然很快辞职。她与同事间的关系原本疏淡。只有天熙和另外两个关系较亲密的同事为她送行。选在一家名叫麻雀剧场的酒吧里。那天晚上，正有一支乐队的专场演出。马木尔和他的朋友们。剧场里到处弥漫着浓烈的烟味。台下的高脚椅上坐满了人。天熙他们找了一个靠近舞台的角落。舞台上打出红色和黄色的灯光。平头的吉它手开始弹唱。声音含混，喉音浓重，听不清歌词。只是依稀有骑手和眼睛的字眼。

他们围成一圈，坐在沙发上。敏穿了在新光天地买的裸色T恤衫。喝喜力啤酒。旁边是一群鬼佬。无一例外的有着挺拔的鼻子。中间夹杂着一个年轻的中国男子，穿黑色紧身上衣。他们讲英文，混合着法语。天熙的手机响起，是泽的电话。他问他在哪里，他要开车来接他。天熙沉默。在心里，他和泽，如同他和敏一样，已经是两条各自流淌的河流。彼此方向不明。

他的沉默，令泽感到慌乱。你究竟在哪里。我和女朋友在一起。很好。泽的语气忽然变得平静。他说，我要看一下。你可以过来。放下电话，他的心里忽而平静。该结束的，势必会结束。无可拖延。他举起酒杯，对敏和其他朋友说，干杯。

乐队已经上台。键盘，电贝司，电吉他，冬不拉。右侧的歌手，头发浓貌。面部表情严肃，有殉道者的庄严气息。他弹奏一把冬不拉。节奏感强烈。你已不再年轻，你已不再年轻。中间的乐手反复吟唱。接着，他们换了一首曲子。有节制地吼叫。夹杂着叹息声。如同咒语，带着某种强烈的情绪。人们依旧在喝酒，谈话，亲吻，打呵欠。他们的存在与音乐无关。只是为了一场聚会。乐手们脸上没有任何表情。对此已经习以为常。

泽出现在天熙面前。他依旧穿着长袖衬衣，扣子系得密实。手里拎着黑色电脑包。天熙站起来。他习惯性地挨着天熙坐下。是天熙熟悉的味道。天熙介绍他给敏和其他同事。我的好朋友。他说。泽为自己点了小半杯的马天尼干白。熟稔地同他们聊天。谈笑风生。只是天熙有隐隐的不自在。喧闹的音乐声沉寂，主唱弹一把吉他。是一首关于草原的歌曲。他吟唱牧马人的命运。草原上的河流和星空。一颗星，两颗星，三颗星，四颗星，五颗星，六颗星，七颗星，八颗星，九颗星，十颗星。他短暂停顿，然后拨动琴弦，继续唱下去。十一颗星，十二颗星，十三颗星。一直唱到第二十五颗星。怀旧而感伤。泽喝掉杯中的最后一口酒。手微微颤抖。他拍手，鼓掌喝彩，脸上挂着笑意。但是，天熙看到，他的眼角挂着一滴泪。瞬间滑落下来。这是否令他想到小时候故乡夜空的那些星星。星河灿烂。宛若锦段。天熙不得而知。

天熙，他说，你的女朋友，很好。借着嘈杂的掌声，泽低低对他说。没有预想中的狂躁，他异常平静。敏并不知道他们在谈什么，只是微笑。

6 回 Kim min jong 家的下午。

傍晚时分陪玲骑摩托车去当地的菜市场。戴尖斗笠的当地妇女，在卖各种东西。水果，蔬菜，蛋禽。买了水果，甚至买了一大束小朵的越南玫瑰。玲看上去兴高采烈。

坐在摩托车上，天熙轻轻揽住玲的腰。突然有一股莫名的冲动。车突然颠簸了一下。天熙吓一跳。玲回眸粲然一笑，I' am sorry。天熙。回到家。玲找出一个花瓶，洗干净。又把买来的玫瑰修剪掉部分枝叶。插入花瓶里。放在桌子的一角。阿天熙，真漂亮。她笑着说。天熙不禁走过去轻轻吻了一下她的脸。她没有躲开。只是孩子气地不断用手捏着天熙的鼻子。

对天熙的回来，他们似乎真的很开心。饭菜丰盛，连一向回家甚晚的Kim min jong爸爸都提早回来了。

Kim min jong让我跟他去买啤酒。我们要庆祝一下。他若有所指地说。

每个人似乎从来未这么开心过。天熙和Kim min jong爸爸连着干了三大杯。头有些晕乎起来。然后是Kim min jong妈妈。她一开始喊天熙叫中国人。现在早已习惯跟着女儿叫他阿天熙。然后是玲。看不出，她的酒量居然也不错。酒后的脸上呈现出绯红色。然后是Kim min jong。他跟天熙讲话很少。更多的时候，是听他们四人讲话。充当翻译。他为天熙夹菜，斟酒。

天熙渐渐头重，渐渐靠在椅子背上。而欢笑声依旧在继续着。挣扎着起身上楼。Kim min jong过来搀扶。我一把推开他。没事儿。我真没事儿。昏昏沉沉地躺在床上，他很快就睡了过去。

半夜里，天熙又醒来。渐趋清醒的意识告诉他，外面下雨了。果不其然，静寂的暗夜里。又听到了刷刷的雨声。我要起身。才发现自己身上只残剩了薄薄的内裤。伸出手去，摸到Kim min jong温热的身体。

天熙试图越过他的身体下床，不想，意识恍惚间，反而撞倒了他身上。他嗯了一声。怕惊醒他，想小心翼翼地爬起来。他却一把抓住了天熙的胳膊。天熙。他嘟哝着说。我喜欢你。一道闪电掠过。

天熙松开他的手，慢慢把胳膊抽回来。机票要到期，过几天我该回国了。天熙艰难地说。

我知道。这次，我可能不会回中国了。现在越南也有很多发展的机会。我打算留在这里做自己的生意。卖掉乡下的几亩土地。我的启动资金就够了。你知道，那些土地也是有我的份的。我不愿意花父母的钱。

在陪同Kim min jong看望他乡下的祖父母时，他曾指着经过的一大片土地说：你看，天熙，这都是我的。当你再来越南时，我会开着自己的车去机场接你。

哗哗哗。雨变得密集起来。

天熙忽然觉得有些冷。打了个哆嗦。他凑过头来，趴在他的肩上。在他耳边喃喃说：等你再来的时候，如果是夏天，我们可以去下龙湾游泳。如果是秋天，我们可以去河内看秋叶。

半晌，他不再说话。两个人就这么静默着。听室外的雨声。他抬起头，在脖子上摸索着。这条银链子我送给你。你要一直带着它。就好像我在你身边。他探过身子，把银链子戴到天熙的脖子上。这条银链子。是他的女朋友送给他的。是他的珍爱之物。洗澡睡觉都不肯摘下来。

你去西贡的几天里，妈妈和妹妹一直抱怨我不该让你一个人去。但是我知道，你一定要自己去的。没有人可以阻拦你，也不要别人陪同你。但是，我真的很担心，没有我在你身边，你会不会受骗，会不会坐错车，会不会迷路。我也在想，你会不会想念我。就像我想念你一样。你走的几天，我一直跟女朋友在一起，但是常常走神想起你。她笑我失魂落魄。

你打电话来，说想念我，你不知道我有多开心。我知道你心里有很多不愉快。不愿意对我讲。没关系，你知道我在乎你就行了。知道我是你最好的朋友，最好的兄弟。如果你要愿意来越南，你可以随时来。我的家就是你的家。永远是你的家。

家。他的家在中国，在黄河边上的一座石油小城。靠近街道的一座楼房。他不知道，他的父亲已经离开。房间的窗外的白蜡树，生长了十年有余。树木枝叶葳蕤，层层叠叠。这是属于中国北方的树种。在郊外田野里的盐碱地上只有遍地的红柳。低矮的灌木丛。极度耐旱。没有柚子树和芭蕉树。窗户的右侧是三层书架。上面是他离开家之前的一直的读物。左侧白色墙壁上，挂着释迦牟尼佛的大幅画像。周身一片金光。写字台一只金色香炉里，是满满的燃尽的香灰。水果盘里放着新鲜的苹果和橘子。

他的姥姥，每天会虔诚的持咒，诵经，对着佛像礼拜，叩头。她是一位虔诚的佛教徒。性格倔强而乐善好施。许多年来一直在初一和十五食素。逢年过节必买鲤鱼放生。亦是历经过民国和解放战争的中国老妇人。八十岁开外的年纪。喜欢穿灰色和青色的粗布衣服。保持一贯的洁净。走路缓慢，背微微有些佝偻。她本系出身大户人家，丈夫曾是县长的秘书。日伪统治时期被日本人抓走，回来后染上了风寒，死去。解放后，她在土地改革运动中失去了一切物质的财产。只剩下了四个幼弱的儿女。她独立把他们一一抚养成人。付出艰辛代价。通常，她的眼睛习惯闭着。闭目养神。嘴角蠕动，时常跟那些已经死去的家里人的灵魂对话。

某一天，她突然对天熙说，你的父亲现在住在天上的一座深山里。他过得很安静，很好。天熙的母亲年轻时体弱多病，便一直跟着她长大。直到要进学校读书，才回到城里。对她始终怀有敬畏心。只是，他让我告诉你。永远不要再沾一滴白酒。

他的母亲亦曾这样告诫他。白酒是父亲家族的谋杀者。天熙知道。父亲兄弟五人，在当地是一个繁盛的家族。但是，已经有四人殁于酗酒。或死于酒精中毒引发的肝癌，或醉酒后被室内染着的炉火点燃衣服而烧死，或如他的父亲一般因酗酒丧失理智与意识。触目惊心。酒是魔鬼，天熙，永远不要再沾染它。每次在电话里，她都会这样感叹和忧心。

是。在这个家族里，性格暴戾与酗酒仿佛是一个不可回避的遗传。

最先死去的是五兄弟中的老二。是在1978年。他在城里的食品厂工作。回乡下过春节，喝得酩酊大醉。身上穿的棉衣棉裤都被烤焦，但他依旧无动于衷。大门紧闭，烟雾升腾。直到有人发现浓烈的烟雾从窗户内挤出来。等到破门而入时，他早已被烟熏火燎得没有了鼻息。几乎被烤焦的棉衣依旧裹在他身上。血肉模糊，脱都脱不下来。

7 他整理他要走的东西。

多是书和一些衣物。他努力不去看泽的脸。也努力不再去看房间里的一切。打开的钢琴，散落的琴谱，鱼缸里寂寥的金鱼，图案纷繁的羊毛地毯，花瓶中的龟背竹，沙发，落地玻璃窗。外面是漆黑的夜。他给他留下：《海上钢琴曲》和雅尼的音乐CD。窗台上的玻璃花瓶。杏花枝已经长满细小的落叶。景德镇的白色瓷盆。厨房里的一盆薄荷。冰箱里的若干食物。带走：若干本时尚和财经杂志。两双灰黑色的袜子。白色瓶子里的蒜香薄荷片。透亮橙色的总统牌维生素E软胶囊。同仁堂的葡萄籽提取物胶囊，深褐红色。数据线。SONY的数码相机。拷了无数张纪录片的移动硬盘。几张未来得及观看的影碟。比利时女导演香特尔阿特曼的《在七十年代》。包括了五部短片。房间。蒙特利旅馆。来自故乡的消息。我你他她。安娜的旅程。泽执意开车送他。

车子开在东三环上。夜里十点钟的城市交通主干道。车子经过高架桥，桥下是这个城市最辉煌的组成部分。鳞次栉比的大厦依旧灯火通明。盛世繁荣的景象。一座城市的身世。一个人的身世。车窗蒙上了一层薄薄的雨雾。泽问他接下来有什么打算。也许会去旅行。他说。已经很久不曾旅行。父亲的离开一直让我心力交瘁。他第一次告诉泽关于他父亲的事情。他看到他脸上极度讶异的神情。你一直不肯告诉我。你一直都不肯告诉我真相。原来你一直不信任我。他神色黯然。泽，这样的事情，与信任无关。说出来的，无非也都是让人感觉哀伤。真正的哀伤却是刻骨铭心，无法用言语表达。

车子从长虹桥下掉头，向西行进。经过三里屯。露天的电视屏幕已经关掉。依旧人潮熙攘。灯光眩目。咖啡店，冰淇淋店，手机和运动品牌专卖店，珠宝店。露天的喷水池，放着时髦的音乐。绕到里面，便是同里。一条酒吧街，来这里的鬼佬居多。他们亦曾数次来过这里。泽陪天熙去几家碟店淘碟。价格通常要贵一些，现在，这条街依旧是热闹的。法式蛋糕店，一个女孩子坐在旁边理发店旁吸烟。日式料理店门口挂着大红的灯笼。是卖水果和香烟的摊贩。一群鬼佬在露天的座位上喝啤酒。气氛热烈。

雨下得密集起来。折向三里屯南路，经过使馆区。继续前行，便是泰悦豪庭。旁边有一家狮子山下的港餐厅。他带泽来过这里。请他吃煲仔饭。环境不是很优雅，但是菜式做得传统地道。旁边的一家瑞典人开的酒吧，但是请了一位中国人来帮他打理。里面有一张乒乓球桌，可以打乒乓球。他们来这里喝过一次酒。喝完酒打乒乓球。泽甚至还跑到钢琴前兴致勃勃地弹奏了一曲，引得酒吧的

客人一片惊叫欢呼。泽把车停在门口，示意他是否要下车。天熙摇头。

工人体育馆里的一场演唱会刚刚结束。马路上挤满了车辆。他们去法国文化中心看免费的原版法文电影。没有中文字幕。只能凭电影画面猜测大致的意思。是一场缅怀之旅吗。我要带你去一个地方。泽说。他猜不透泽在想什么。泽打开车子里的音像，是《放牛班的春天》的系列音乐。抒情的童声合唱，渐次响起。沿二环路一路前行，穿越过城市的街道。雨中的城市。渐渐变得寂静。并且开始有陌生的感觉。

车子停在故宫北门的护城河边。这座古老庞大的宫殿的一隅。尤其是在夜里，显得格外僻静。黑黢黢一片。只有远处的稀疏灯光。高大厚重的城墙。城墙边的参天古树。城楼显现出隐隐的剪影般的轮廓。他们下车。雨还在下。透过车灯的光，看出雨的细密纷繁。天熙忍不住打了一个寒颤。天熙，你看这里，像不像吴哥窟。泽指着远处轮廓模糊的屋舍。它们高低起伏，果然宛若层层庙宇。

这是认识你之前，我一个人常来的地方。当心里觉得异常苦闷的时候，我就会来这里大哭一场。以作发泄。我希望有一天我们可以一起来这里，但是不会想到，是在告别的时候。他们站在河岸的石栏边。脚下的护城河静默流淌。细雨落在河面上。水面泛着夏日河水特有的暧昧气息。

天熙，当我在部队里，曾经时刻感觉惶惑。吃得太多的苦，亦是无人可以诉说。有一天我值班，看到了大漠的落日。才明白古诗里长河落日圆的含义。那些沙丘，宛如闪亮而凝滞的金色河水。远处是蒙古高原上起伏的山峦。夕阳苍茫，挂在地平线上。后来读大学的某个暑假，我曾一个人去海边看日出。晚上坐火车硬座，凌晨又在不知名的小站换车。到达海边时天色已微微亮。终于赶上了第一次看海上日出。我在海边的旅店住了两个星期。在海边散步，游泳。看一对年轻父母带着孩子在沙滩上拣贝壳。半夜里，一个人去海边看星星。天熙，你是否看过深夜的大海。潮水上涨，白色海浪咆哮奔涌，气势磅礴。但是，躺在沙滩上抬头看星星，却是那么静谧。世间的喧嚣，与它们无关。

天熙，与星光相比。我们的烦恼算什么呢。无论如何，我要谢谢你，可以让我直面自己。雨一直下。今晚的夜空，没有星星。一本书里曾说，随着时间的流逝，甚至光辉灿烂的恒星都将变得黯淡异常，在爆发中走向死亡，只留下黯淡的遗迹，……星系的亮度在经历最初的平缓下降后，亦会开始加速下降，步入黑暗之中。

8 他参加敏的婚礼。

在位于新街口的一个教堂举行。婚礼现场热闹，双方的家人和朋友悉数到齐。舒伯特的婚礼进行曲里，敏由父亲陪伴着缓缓出场。她穿一件有着数层褶皱的白色婚纱，上面点缀着无数颗华美的细小碎钻。她漆黑而亮的头发高高挽起，形成一个华丽的大髻。脖子上挂着一串晶莹剔透的珍珠项链。他从未见过她如此流光溢彩，又如此陌生。一切像是电影中的镜头。她在他的右手中指戴上一枚铂金戒指。他看到他伸出胳膊，将她轻轻揽入怀中。他在她侧着的脸颊上留下一个吻。阳光透过敞亮的窗户射进来，暖黄的明亮光束。数以万计的看不见的灰尘在光亮中飞舞。空气中飘荡着各种鲜花的甜腻芳香。

他宁愿相信，敏在那一刻是真心感到幸福的。

9 又见故人

离开越南的头天晚上，天熙的心里感觉无比惆怅。躺在露天上的睡椅上，两人仰头看着星空。清风吹来，带着田间的青草气息。远处的高大树木，在黑暗中发出巨大声响。飞机在深夜的高空飞行。天空中缀满了闪亮的星星。看到的这些星光，有些甚至来自数亿光年前。

那天下午，Kim min jong的父母和妹妹送他到院子门口。炎热的午后。他们都穿了正式的服装。坐在Kim min jong的摩托车上，

从巷子里缓缓经过。简陋低矮的木屋，小食品店，一座小小的寺庙。热带的阳光在小巷里投下的强烈的黑影。几只黑狗和黄狗趴在路边的阴影里。有小孩子在路边嬉戏玩耍，盯着摩托车看。像电影中的缓慢镜头。

他坐在靠窗的座位上，俯瞰下空的云海，感觉如同经历南柯一梦。只是颈间那条带着凉意的银链子，告诉他一切都曾真正发生过的。

回到北京，他并未开始自己臆想中的新生活。一场旅行，有时并不会解决人生的根本问题。

继续着一个人的生活。

他却只觉兴味索然。对于任何节日，并无兴致。只习惯于置身其外，仿佛看一幕戏的起始与终结。看锣鼓喧嚣铿锵，看台上人物劳碌奔忙。只独自在租住的寓所里，听白马奥色上师的《大悲咒》和《大孔雀明王心咒》。寂寂一个人却不嫌冷清。背后的窗台上，紫砂钵里，一泓清水中，水仙已经绽放出了数朵。翠绿茎叶，郁郁葱葱。鹅黄与乳白花瓣，纤细娇柔。不大的居室内，暗香已然浮动。水仙之美，幽雅玲珑，令人心惊。仿佛既耽溺于世俗的深谷，却又出离于世俗的悬崖之上。

是他独自居住的房间。浅黄色旧式竖衣柜，IKEA的原木书架，样式简洁。五层的书架上，层层叠叠，凌乱摆满了书籍和杂志。有关设计，电影，旅行和戏剧，甚至宗教。书架上，一只褐色的埙，上面会有精细的菊花图案。一只非洲木雕，是部落酋长的雕像。深黑的肌肤，染了红色的短窄皮裙，手里拿着一柄利器。

一只木镜框，是一个裸体的女子。侧卧，胸部连同右半张脸隐没在黑暗里。面部略带野性，神秘而妖娆。圆睁的左眼，无谓地注视着镜头，神态又有隐约的嘲弄之意。肌肤光洁俨然。背部的侧上方，显露出纹身的图案。亦是一株青葱宛然的水仙。工笔勾勒，用色匀称。白色花瓣硕大绽开，而不嫌笨拙。另有两只将开而未开的花苞，似乎不胜重荷，蜿蜒伏于女子丰饶的肩头。湖蓝色窗帘。白色墙壁。只悬挂了一方竖形泰国柚木质地的装饰画，是一尊菩萨的画像。墨绿色底子，头部和面部均敷以金粉。低眉信手，神态宛然。

一个人醒过来，会感觉存在的虚无感。他打开电视，让房间充满声音。不至于太过孤独。他喝水，杯子里往往放一枚柠檬片，再加一片薄荷叶。他在厨房的窗台上种了一盆薄荷。枝叶繁盛。他摘几片，泡水喝，或者用来拌凉菜。有时晚上才出门。通常在12点钟左右。下电梯，出院子门口。不缓不急地跑。过东三环的马路的人行天桥。桥下西侧有一家多乐之日的面包店。他常去买面包。或者坐在座位上翻看杂志。买一瓶巴黎水，一块杏仁长条面包。依旧有人在聊天。闻得到面包香。即便不买面包，他也习惯性地进去坐着。看穿黑色风衣和白衬衫的中年男子走进来。穿黑色尖头皮鞋。头发打了一层闪亮的发蜡。神情持重。他径自取面包盘，用夹子取了粗粮面包和蓝莓面包圈。

任时日荒芜。

天熙，我已经接受公司澳洲总部的派遣，回到北京。如果可能，我想跟你见一面。

署名只有一个字：蓝。

全身仿若有一道电流穿过。他情不能自已，浑身轻微战栗。他站在人群中轻轻啜泣。泪水顷刻间盈满了眼眶，模糊了视线。

天熙，你是否会笑我，甚至怨恨我当初义无反顾地离开，现在却挣扎着要回来。她熟稔地点起一根烟。透过烟雾，他注视着她。并不说话。眼前这个女人，把他从一个男孩儿变成男人。教会他性与爱。然后又无情抛弃了他。独自远走高飞。他摇摇头。他最彻骨的疼痛与寒冷曾与她有关。他对于她亦并非无丝毫怨意。但是在寂岑流逝的时光里，一切都已变淡。他宁可把这一切解释为宿命。翻手为云，覆手为雨。他已经感知到，相对于左右命运的不可知的神秘力量，个人的反抗是多么无力。

与五年前相比，她亦有了太多变化。甚至令天熙感觉到有几分陌生。虽则她予人的感觉是更加妩媚而风情，可实际上，她的衣着是非常整饬的。相比于当下大都市里女孩子开放的流行着装，她的装扮甚至有几分保守。染成了微微棕红色的长发，形成一股长长的波浪卷。飞瀑般流泻而下，一直垂到肩上。她穿平滑顺直的丝绸长裙，略略有一层轻微的褶皱。裙摆和袖口处镶嵌着杏黄色的蕾丝花边。耳环是银色的十字架形状，随着她的动作晃动，闪闪烁烁。但她的掩饰不住的风情和韵味，便在她不经意的蹙眉或间或陷入沉思时散发出来。

而天熙亦不再是那个只爱裹着一身运动服的莽撞青年。尽管已经离开职场有一段时间，偶尔外出时，他依旧喜欢穿上干净的长袖竖条纹衬衫和牛仔裤。他亦已经习惯了理平头，一层薄薄的青色发茬。紧紧贴在头皮上。成熟而又干练。训练有素的职场经历，使他在散淡中亦保有一股机警气。但并不咄咄逼人。他的眼神里甚至有一抹淡淡的忧郁。他的内心里则始终是柔和的。

此刻，他们坐在太平洋百货一家咖啡馆的露天坐椅上。CBD商业中心的干燥而明亮的日光。水泥地面暴露直接。只有几块草坪，点缀其间。有工人正在修建草坪。剪草机发出吵闹声响。好闻的青草味便在空气里淡淡弥散。远处是几株孤零零的玉兰树。每年的四月份，在来袭的沙尘暴里，它们光秃秃的枝桠上开出深红和近乎银白的花朵。硕大，沉坠，不能自持。只是花期未免过于短暂，只会持续三四周左右。然后开始凋谢，开始生出脉络明晰的厚实叶子。偶尔掠过神色匆匆的公司年轻职员，白色衬衣，打着领带。拎着质

地良好的公文包。步履急促。散发某种香水味道。是公司人所常用的大同小异的牌子的香水。脸上神情意气风发。仿佛前途无限光明美好。从他们身上，天熙亦仿佛看到自己初来北京时的桀骜勇气和满怀自信。他很少回头看自己，只顾一味前行。所以亦是丢失了很多无可挽回的珍贵东西。双子座的天性令他始终在乐观与悲观之间徘徊，并且摇摆不定。而蓝的出现，令他的内心伤感如同一座浮游的岛屿般缓缓浮现。

他很少讲话。只定定注视她。端起杯中的咖啡，小口啜饮，发出偶尔轻微窥探。也许他尚未从她突然出现的惊骇中缓过神来。从收到蓝的短讯息到和她见面，时间尚不超过24小时。他始终怀疑自己是在做梦。或者是进入另一场幻觉。想一想，她突然去到了地球的另一端。完全的不辞而别。去到那个为南太平洋阳光沙滩和印度洋珊瑚礁所环绕的岛国。5年，音讯全无。另一方面，他离群索居时日已久，已经失去了滔滔不绝的讲话习惯和旺盛强烈的表达欲望。他也的确想知道这么多年来，蓝的生活是怎么过的。

我如愿以偿，进入澳洲的一所著名大学学习财务课程。第二年，便与班上的一位亚洲籍日裔结婚。他的家族在澳洲经营着一家庞大的奶牛养殖场，同时集团亦有多元化的公司业务。读完硕士学位，我顺理成章进入他的家族企业，直到做到管理层，担任其中一家新公司的财务总监。结婚后不久，我们有了一个男孩儿。但几乎与此同时，我亦觉察出他与其他女人有染。一开始，我忍气吞声，毕竟觉得这一切来得足够容易。豪华轿车，私人飞机，海边度假屋，仆佣成群。与在国外打拼的其他留学生的艰辛生活相比，我不知道要比他们幸运多少，少走多少弯路。而且，我毕竟已经进入了澳洲的上层主流社会。这是一般的华人所难以企及的。

她将一截长长的烟灰弹进咖啡桌上白瓷烟灰缸里。看了天熙一眼，微微苦笑，但神情仍是镇定。他愈加明目张胆，一天居然将一个中国女人领进家里。据说是一个不入流的小演员，演过几个影视角色，终究未曾大红大紫。她跟着国内一个商界大佬出国，始乱终弃，后来便开始混各种夜总会，以美色博取富贵。那天，她坐在客厅里的沙发上，穿着我的绣花拖鞋和睡衣，可见到我时，态度居然比我还要倨傲。蓝忍不住笑出来。拿烟的手一抖。到底是戏子出身，懂得先发制人，更会演戏。她说。

在蓝接下来的叙述里，她终于与她的日籍丈夫协议离婚。孩子的监护权归对方所有，但她可以随时探望。——丈夫家族的其他人其实对她都甚好。并且，她获得了一笔足够丰厚的补偿金。她依旧在原来的公司工作。事实上，即使她选择不去工作，亦可锦衣玉食，高枕无忧。我以为我会放不下他。她说，但是，彼此似乎已经慢慢习惯。来北京前，她刚刚飞到日本看望他。她带他去札幌的淡水河边。三人吃路边摊，烤鱿鱼，烤香肠，喝珍珠奶茶。带他去海边打玩弹珠、射水球和捞金鱼的游戏。去海岸边的小木屋喝咖啡，吃披萨。将近凌晨时分，又去北头洗天然温泉。

我发现，即便没有了我，他亦会生活得很好。我相信，他在爱上亦不会衰竭，他父亲的家族很庞大。每个人都很爱他。她的语气有些怅然。我来北京，只做暂时的过渡，也许会留下来，也许还会离开。

晚上两人去酒吧喝酒。天熙已经很少去这类地方。感觉太喧嚣吵闹。囿于蓝的一再邀请恳请，只好略尽地主之谊。闪亮如镜子般的玻璃天花板。镭光灯闪烁。光线忽明忽暗。电子大屏幕色彩绚烂，播放着国外某饶舌女歌手的MTV。暧昧的暖香弥漫。并非周末，酒吧的舞池里依旧挤满了寻欢作乐的人群。甚至吧台前亦是人头攒动。男人，女人，黄头发，黑头发。随着高分贝的激烈音乐摇摆身体。皆是及时行乐，时不我待。一瓶黑方下来，天熙感到有些头晕，并且觉得耳朵略略有些不适。而蓝已经彻底醉了。天熙，来，我们跳舞。她不由分说，拉着天熙步入舞池。使劲抓住他的手，身体向后仰起。一边旋转，一边大笑。全然不顾周围人的推搡拥挤。少女般天真无邪。

那个喜欢牛仔裤，喜欢赤脚穿一双白球鞋的蓝又回来了。

蓝的寓所在临近东四环的一座公寓。30楼，是这座公寓的最高层。天熙，我去洗澡。你先坐一会儿。天环视客厅，80余平米左右的精装修房子，复式结构。雕刻精美花纹的木质结构楼梯盘旋着通往楼上。一楼是客厅，猩红色沙发前的玻璃茶几上是一尊蓝色的花瓶，里面插着几只白玫瑰。地板上铺着厚厚的一层羊毛毯子，踩上去极是松软。墙壁上挂着文艺复兴时期风格的油画，似是伦勃朗《夜巡》的复制品。另一幅是梵高的油画《星空》。画作中，星空仿佛是炽烈燃绕着的巨大蓝色火焰。书架上摆满了各种书，中文版的多是《道德经》《楚辞》《庄子》，甚至《黄帝内经》。英文版和法文版的多是欧美小说及几本地图册。有一面墙壁都挂着照片的各式相框。白色的，原木色，白色，甚至黑色铁相框。多是蓝和一个小男孩的照片。小男孩儿的眉宇间流露出几分清秀之气，与蓝有几分神似。蓝的照片则好像多是处在旅行状态。而且是一个人的出行。天熙未免有几分疑惑。

天熙，来。蓝披着一件白色的袍子出现在他面前。是，她轻轻抚摸着相框里的照片说，这是我的儿子。头发依然湿漉漉的。洗完澡后，蓝清醒了不少。她终究还是变了。天熙的心里有几分失落。她拉住天熙的手，推开面向阳台的玻璃门。是一个偌大的露台。我因为喜欢这个开阔的露台所以才选了这所房子。虽然说高处不胜寒，我仍然喜欢居住在高处的感觉。远处，是夜色深沉的北京城。楼宇参差错落，一览无余的胜境，即便在黑夜里，也依旧光亮无比。车流如同两条绚烂的锦带，向天际无尽延伸。

这样的繁华盛景，如同海市蜃楼。虚幻，随时会消失。她说。

她在露台沿墙的一侧种了数竿竹子和爬山虎。几盆开着小白花的茉莉，以及金橘。有一只风格质朴得近乎粗糙的石磨水缸。下雨的时候，可以用来接雨水。缸里面养了几尾鱼。空气中传来茉莉的淡淡清香。露台中间，是一张长条的桌子。露天烧烤，或者喝啤酒，听音乐，应该都很惬意。

刷刷刷刷，无端开始下起雨来。他想起她宿舍窗台上的几盆兰草。以及那天夜里的倾盆大雨。他转过头，看见她亮晶晶的眸子。清澈得要滴出水来。

……

黑暗中，他能感觉到她正匍匐在他的身上，用力吮吸他。浓密头发如海藻般覆盖在他结实的小腹上。一阵近乎痉挛似的快感强烈冲击着他。他的呼吸渐趋粗重。他呼喊她的名字，蓝。并且，在瞬间达到了高潮。

……

告诉我你来北京后的生活。她幽幽说。

你离开后，我亦很快辞职，离开了那座小城。对于教学，我自己明显感觉已经失去了耐心和热情。同学生和同事相处依旧很好，在他们面前，我依旧表现出开朗积极的一面，但是内心充满了诸多压抑。矛盾重重。总觉得依旧有许多能量无法释放出来。尤其是学生一批批地离开，各自获得成长。而我只有在原地踏步，便觉得心有不甘。亦感觉自己是在做无谓的牺牲。

来到北京后，便迅速同过去的种种人事切断联系，刻意把学生，同事，甚至朋友，暂时统统忘掉。不做任何联系。我自知这样做未免有些残忍，不近人情，但是我已选择了一条新的道路，只可前进，不可后退。必须全力以赴，专注应对。

一切的进展如我所料。从普通编辑做起，从小杂志跳槽到更主流的媒体。花更多的时间学习，不断提升自己的专业水准。同时，结识更多的同行，拓展不同的社交圈，构建各种人际关系。四年后，便辗转成为一家杂志的主编。此时，心里才稍微松了一口气。其间甘苦种种，已经无可向外人所道。

但是，接下来，却是坏事接踵而至。遭遇了父亲的猝然辞世，大哥惹上了难缠的官司，而曾并肩奋斗的朋友为了自己的升迁，不惜大肆在公司高管面前说尽诽谤之语，则更令我心寒，感到世情的凉薄。冲动之下，便愤然辞职，离开。现在我已赋闲在家半年之久。

她问，父亲去世是否对你影响甚大?

是。很长的一段时间，我始终处在一种灰色的情绪中。即便是现在，也不曾彻底出离这种悲伤。对于父亲，我将永远怀有负罪感。也许我的辞去公职，来到北京给他造成了很大的心理伤害。加上他自己工作的不如意，而我并未同他做更多的交流沟通。这是我无可挽回的惨痛经历。那时开始，我便开始接触一些修行的人，读圣经，佛经，去教堂，也去寺院。去很远的地方旅行，也更多地阅读与心理学相关的书籍。寻找一切可以找到精神寄托的东西。是寻求救赎，也是自我拯救。他们充当了我的精神导师，使我没有精神崩溃掉。没有这些的支撑，我真不知道自己会是什么样子。

你现在感觉人所经历的痛苦是否可以超越?

在我的个人经验里，痛苦无可超越，只可以转化。如沈从文说，世界虽极广大，可人总像一种宿命，限制在一定范围内，体验到与他过去相熟的事情。人所经历的种种苦痛，无法被忘却，你会一直体验它的存在。人亦会始终背负着伤痛前行。我不习惯倾诉，另一方面，也找不到可以倾诉的人。许多事情，只有在心里默默被隐藏。我能感觉到这些事情对我的细微影响。时常感觉到面临的重重压抑。长期的郁积，会形成一颗毒瘤。让心灵溃腐，糜烂。我正在尝试写作。把这些不愉快的事情写出来，这对我来说，是另外一种解脱和宣泄。

是否后悔过自己当初的选择?

如果没有当初不离开，我也会在和大多说教一样在继续那种庸常的生活。永远知道明天会发生什么，无需猜测，没有期待。所谓命运，就是注定你这一生要走的道路。在某些方面来说，人的命运也许是已经被上天注定了。你所要做的，是顺从它对你梦想的指引和安排。

我的一位艺术家朋友在他最好最年轻的时光，在从事艺术创作的25年的时间里，几乎花了整整12个年头，一直行走在路上。风尘仆仆，餐风露宿。徒步，骑马，或者驾车。就像当年执著于在路上的杰克凯鲁亚、金斯堡和伯格斯们。我想，他们的精神指向是一致的，都是“试图用能给世界一些新意的眼光来看世界。试图寻找一些令人信服的……价值。”

我觉得，自己总是在寻找，试图探索一些关于生命的细微真相和各种可能性。

他问。你呢？你后悔过你的选择么？

在我离婚后，我同样陷入重度抑郁。觉得自己什么都没了。就孤零零一个人在异国。我早就成为了基督教徒，这对于很多留学生来说，完全是入乡随俗的事情。与信仰无关。我没想到去找基督挽救我，而是开车跑到夜晚的海边，想要投海自杀。但是，一抬头看见满天的闪烁星斗，月亮更是洒落清辉，挂在我眼前的海面上。山崖下的大海时而喧嚣，时而静寂。千江有水千江月，万里无云万里天。我的脑海里突然蹦出了这样一个句子。活着是这样美丽。白白死去岂不太可惜：我从中国跑到澳洲来，就是为了一死吗？不能亏待自己。后来我便干脆一个人背着包开始了环球的旅行。

一年的时间里，我去了非洲大陆，东南亚的缅甸，柬埔寨，老挝，印度的数个城市，亦曾去过喜马拉雅山下的尼泊尔，锡金与不丹。旅行途中，我住星级酒店，青年旅馆，也住僻远的乡村客栈，甚至是水上木屋。飞机，火车，闷热的长途旅行车，渡轮，骑马和骆驼，独木舟……

原本只是单纯的旅行，但是，是这些旅程彻底改变了我的价值观。在印度的酒店里，享用晚餐时，突然遇到了恐怖分子的袭击，眼看到身边认识的英国朋友和他的太太血肉模糊地倒下去。在尼泊尔的山路上，遇到雪崩。那次雪崩，造成了数名游客和登山队员的伤亡。在孟加拉国的贫民窟里，我看到一个年轻的男孩子因为插队领取饮用水，而被其他人群殴致死。他们甚至夺取了我的相机，把它摔到地上……

死亡直接淋漓地在身边发生，逼迫我一次又一次思索生命的价值和意义所在。有时候，我几乎是带着恐惧继续前行。因为你的确不知道，明天会发生什么。飞机失事，遭遇车祸，轮船失事，或者飓风，毫无征兆爆发的大地震，或者泛滥的洪水……但是我感觉自己无法停止脚步。当安闲地坐在客厅里，喝着咖啡，翻看当天的报纸，是会觉得天下依旧是太平盛世。实际上，世界正在发生着某种不可测的微妙变化。各国政府一味追求经济高速发展，由此带来的各种生态灾难，大自然的平衡已经遭到毁灭性的破坏，信仰的普遍缺失与道德水准的降低，令人心中的美好遗失殆尽……天熙，我们的明天会去往何处。如果有来世，我们的灵魂是否可以在下一次轮回中获得重生。

她低低叹息，这些问题与我并无太多直接关联。也许只是我获取的信息太多太杂，才令我会时常陷入阵发性的焦虑之中，同时感到自己的无所适从。但是，活着，终究是好的。活得清醒，是多么难得。

她突然在黑暗中发出轻轻的笑声。我宁可相信自己是在杞人忧天。但愿这一切的发生都不是真的。片刻，她问，你接下来的生活有何安排?

天熙短暂沉默。半晌，徐徐说。暂时还没有要出去工作的愿望。曾经有猎头公司打电话来，对方是一家韩国大财团投资的娱乐公司，依旧是主编的职位，但是我对再做娱乐媒体已经没有了兴趣。也有一个在考古研究所工作的朋友自己投资了一家古典家具行，我曾经去看过，上下满满两层，都是他收藏的一些物品。明清长条几案桌椅，乾隆时期的十二扇屏风，描金的箱子……他希望我能同他一起做这件事情。如果想要出来工作，机会还是很多，但我亦始终没考虑好，接下来究竟要往哪个方向走。也许还需要再过一段时间，再给自己时间思考一下。

现在想来，现代人人所渴慕的成功，如古人的营求富贵功名，实在无二。无非是鲜衣良马，甲胄华丽，名望出众。我接触过太多在商业方面做得很成功的人，出入头等舱，入住高级酒店动辄一掷千金，生活近乎奢靡，但却并非如外界所认为的那般幸福。物质终究不能解决任何心灵的问题。我是否还要再在追逐名利的路上继续奔波下去？究竟什么才是生命中最重要的？这是我一直在反思的。

曾读到一本印度哲学《至尊奥义书》。第一页即写着：一个人到了30岁，要把全部的时间用来觉悟。再翻过来，如果一个人在30岁没有觉悟，就是一步一步在走向死亡的道路。这句话看得我顿时满头大汗。

他停顿了一下，继续讲下去。我已经开始修习黄道瑜伽，每天会静坐，冥想，试图与至尊之神对话，希望能从中获得些许启示。个人的力量终究渺小，还是希望获得一个更大的信仰的支撑，好让自己得以以内在的冷静行走于世。

他转过身，注视着她。黑暗中的眼睛清亮如两汪深潭。蓝，你是否也相信，宇宙空间中，一定是有力量更强大于我们的神灵存在的？你是否相信我们只是一颗又一颗的古老灵魂的轮回？肉身终将会死去，毁灭掉，如灰飞烟灭。历经百千万世劫，累世经劫中，我们的生命只是不同角色的扮演者。惟有神的灵魂能免于轮回，超越恒常不变的由生至死的循环、由知晓到忘却的循环、由纯洁沦为不纯洁的循环。也只有神，能恒长悉知影响自然界及人类灵魂的法则。也许在某一天，诸神真的会降临，来到这个业已失去平静，被无知主宰的世界，重新唤回灵魂们原有的本性：安详，智慧，爱，纯洁，力量和快乐。

他喃喃说。蓝，你是否相信这一点?那时，你是否还会记得我？是否愿意同我一起上路，回到那寂静的世界?

她轻轻捧起他的脸。天熙，我们都已经改变。不知道，最好的我们，是已经逝去，还是行将到来……

10 光明之光

他收到一摞辗转而至的信。他一眼即判断出来，是泽写的。字体秀颀，舒展超逸。运笔遒劲，充满力度。白色，青色，黄褐色的粗糙的信封。它们似乎在路上走了很久，散发出流浪者的颓废气息。信封磨损，起了毛边，沾染上了某种脏东西。邮戳模糊，但依旧看得出是来自何方。西藏的某个地方，新疆的喀什，甘肃敦煌，以及遥远的内蒙古的阿拉善。他逐一打开来看，一摞厚厚的信纸。不同的纸张，显示了写信者所在的不同环境。有些字迹平整顺滑，写信时的心境应该是从容不迫，而有些字迹略显潦草。似乎未加多少思索，只是为了一吐为快，几乎是一挥而就。并且情绪饱满

激烈。

这是他最后获知泽的消息。从此之后，便再也没有了他的任何音讯。他浑如一滴水般蒸腾，消失在了干涸的腾格里沙漠之中。他知道，泽索要的是一份稳妥持重的感情，超越世俗之上。但他无力亦无法给予他。亦无法救赎，如同他尚不能救赎自己。黑暗深重，只能各自泅渡。藉着些许微光，他们将继续各自的生活。彼此再无任何干系。或许终有一天，他们将不忘掉彼此。忘掉那些自欺，记忆将被删除，清空。

现在，日日看到蓝神情平静的面孔，他便感觉内心清明有依。时间似乎亦可随时圆满终止，或者无穷尽地延绵下去。

天熙：

……

三个月的时间，我一直在路上。

是你曾对我说，生命中充满着惊喜。我试图在寻找。

我现在在冈仁波齐峰脚下的一个客

栈里。客栈在一个名叫大金的小村庄里。空气中弥散着浓重刺鼻的咖喱味道。外面的阳光炽烈。天空碧蓝。可以看到连绵起伏的喜马拉雅山的山峦。山间积雪发出刺目白光，照触十方。这里，许多山峰的高度，都在海拔5000米以上。

离开北京，我去了云南。从德钦一路辗转，到了西藏。你曾无数次向我描绘过的地方。德钦，察隅，波密，林芝，工布江达，墨竹工卡，拉萨。在拉萨休息几天后，开始和一群在路上结识的朋友，沿着219国道，西行藏南。尼木，江孜，日喀则。到达江孜时，有一批人离开，走另外一条线路。他们要通过樟木口岸边境，坐车去尼泊尔的加德满都和克什米尔。我便跟剩下的几个人同行，经过萨嘎，仲巴，霍尔巴。

行行停停。五六天后我们达到噶巴噶平原，地势相对平缓，到处是乱石滩。昂纳错湖山闪亮如蓝色绸缎。大风呼啸，吹动五色经幡，连天飞扬。他们要去海拔6630米的冈仁波齐峰旋转山。对于冈仁波齐峰，我只在国家地理杂志中看到过一些图片和文字的介绍。知道在印度人和信奉藏传佛教的人的心目中，它是一座名副其实的神山。他们问我是否要一道转山。我没有拒绝。转山是表达内心的一种虔诚的方式，藉此可以洗去我们身上的深重罪孽。

整个山路隐藏在一座深广的大峡谷中。几乎全都是碎石铺就。从塔尔钦开始，沿途经过大大小小的湖泊，溪流，沼泽，寺庙，经幡，无数的玛尼石堆。一路行进，海拔渐升，多上下的陡坡。天气亦是反复，阴晴不定。通常是阳光激烈地炙晒，如锋利的刀刃切割裸露的肌肤。令人头晕目眩。但是当我们在翻越5630千米的卓玛拉山口时，却纷纷扬扬下起了大雪。几乎寒冷至战栗。

因为劳累和困倦，我现在写字的手依旧在颤抖。我该如何对你描绘一路的所见和感受。诸多间错妙色，无可言传。白日里，高原，山坡，云朵，湖水，色彩明朗，光线通透，呈现出油画般的强烈质感。这里的底色是雄浑苍凉的，却也往往也会出现一道绿色的山坡，繁密盛开着的细小黄花。悬崖下的一座红色寺庙，闪现着僧侣们的身影，寂寥而神圣。弥漫在雨中的辽阔山谷里，依稀可见凝滞流淌的河流。干涸的河床上铺着一层白色的鹅卵石，千年来受着冰川融水的冲刷。有的地方则需要涉水而渡，踩着河中的石头，河水冰冷。高崖上是层层叠叠的红色岩层，散落着座座白塔。黄昏时，天葬台的上空几只秃鹫，飞旋徘徊。

朝圣路上俱是寂寂的身影。转山没有回头路。旅行者，信徒，苯教徒，佛教徒，喇嘛，汉人，鬼佬……许多印度人，取道尼泊尔，越过险峻的喜马拉雅山麓，翻山越岭，来到这里。——能够来这里朝圣是他们一生中最大的梦想，以求得来世今生的圆满善利，见得种种光明。在我所临时住下的这座小客栈里，即曾有无数的印度人在此歇息。其中有的人，因为体力不支，感冒，体质虚弱，或者因感染上肺水肿，得不到及时的救治，而死去，把生命留在了这里。沉滞的肉身摧坏崩倒，精神却是就此远离尘垢。但是，前来转山的人并未因此而减少。他们的虔诚之心更不会有丝毫的损减。依旧智慧微用，善心殷重。

曾经行走在这条路上的人，譬如细沙。如被旋疾流动的命运之水冲刷，不得停滞。前聚未去，后群重来。须臾推迁，回转更复。

无论远途近路，我们皆要殊途同归。……天熙，如果不能相濡以沫，那么，我们是否一定要相忘于江湖？

天熙：

……

喀什，巴图，阿克苏，吐鲁番，库尔勒，哈密。先后经过塔里木河的一条支流，博斯腾湖，博格达山，吐鲁番盆地。火车行经的很长的一段距离，几乎是与塔里木河并列而行。穿越过祁连山山脉暗黑色的峡谷阴影，呈现出明亮的金红色的山岩。经过戈壁滩，以及下游河水消失在沙漠中的疏勒河，到达敦煌。

在沙洲尘土飞扬的集市上，我又见到了那个独行喀什的女子。在穿梭的人群中，她着一袭红裙，拄着双拐，踟蹰行走。西风扬起她的裙摆，分外醒目。我注意到，落日余晖下，她脸上的表情隐忍而笃定。没有丝毫落寞。

她一个人飞到了敦煌。她谙熟每一首敦煌曲子词和任何关于敦煌的渊溯。她说，某一天也许会写一本关于敦煌的书。

她离开北京已经两个月之久。经常花大量时间做长途旅行。一个人。她天性坚毅乐观，并不需要任何人的陪伴。在北京，她以写作为生。她的人生，又是怎样的一个故事。我没有多问。

因缘际会，我们便一起同行。去看汉代敦煌长城，玉门关，阳关，河仓城。阳光干燥直接，倾泻而下。远眺苍穹之下，黄沙逶迤直上。破损的遗址，宛然废墟。断壁残垣，雉堞凋零。数千年的西风残照，汉家宫阙。丝绸之路商旅往来，驿马叮当作响，繁盛如梦。令人唏嘘黯然。存在。消失。日升。月沉。岁月荣枯。一日一季，一季一老。如是往复。

边城。暗夜。大漠。风沙。天熙，我看到你站在一座清澈泉水边。身后是漫天飞舞的蓝色和绿色的蜻蜓。遮云蔽日。翅膀闪烁荧光，光彩烁烁。如细微星斗。美不胜收。我向你疾走过去，你却倏忽不见。在幽咽流泉声里醒来，始知是一场幻空。客栈静寂。天空之上，月光明澈如一道白练。

……

我们去看那些敦煌洞窟。

……散布在悬崖上的无数的洞口。长长的栈道，将它们相互勾连。日光之下，云母岩石闪现暗红色光泽。在古代，这里是戒行清虚，执心恬静之所在。洞窟里面，大多光线幽暗模糊。我们睁大眼睛，打开手电筒，努力探寻辨别那些隐没在晦暗深处的壁画。灿若锦缎，断续隐现。亦如一朵金莲盛开在黑暗与光明的边际。隔着围栏，终究无从靠近，无法碰触。有许多部分隐没在黑暗中，无法窥见壁画的全貌。

你看，她轻轻说，无论是佛像画，经变画，还是山水画，故事画，色彩的运用无不具有明晰强烈的主观性：白色，暗红色，绿色，石青，石绿，乃至金色，褐色。天玄地黄。即便是云彩，亦呈

现出缤纷五彩。

我们慢慢行走其中，屏住呼吸。洞窟内阴暗，清凉，鲜亮的色彩却灼灼如簇簇烈焰。威焰炽盛。春秋代序，阴阳渗舒。经由各种宝石等矿物质提取的颜料，依旧在时空里保持色彩的鲜艳润泽，保持了一贯的纯粹灵性。

它们的被创造出来，与信仰有关。宝座，莲池，飞天，天龙，药叉，菩萨，如来。殿宇幡盖，众香华奉，璎珞珠玑。喜乐常闻，花语满天。它指向一个超凡脱俗的所在。超越人世间的净土。这些石窟的建造者与绘画者已经不被人们所知，但他们的灵魂已经获得了永生。

她闭上眼睛，颤颤伸出手去，如一个目盲无法得见光明的人。试图与那些流转的空气发生最大可能的接触。空气中飘荡着肉眼无法看到的数以亿万计的细微尘埃。她丢掉拐杖，在洞窟内慢慢在原地旋转。如一枚飘零的红色的花瓣。衣裙舒展开来，与空气摩擦，发出簌簌声响。手腕上的银镯叮当相碰，清脆悦耳。

天熙，有时我觉得自己已经无力对抗这个世界。但是那一刻，我觉得自己吸纳到了一股力量……来自黑暗深处的静寂的力量。

对于要找的东西，我似乎有所领悟。

……

她要去甘南的藏区。一路南下，玉门，酒泉，张掖，武威，天祝，兰州，临夏，合作，拉卜楞寺，郎木寺，尕海，花湖，唐克的九曲黄河，玛曲，直到若尔盖草原。也许会去理塘，最后由成都返回北京。

只是很可惜我不能再与她同行，我要去阿拉善，看望一位在冈仁波齐转山的时候认识的一位朋友。但是，她说，我们可以一直保持联系……

天熙：

也许这是写最后一封信给你。

我在阿拉善已经停留了数日。我以为我会去曾经到过两年的军营。但我没有去。

我想，我正在逐渐开始遗忘过去。

我也发现，与军营相比，真正的阿拉善要辽阔得多。腾格里沙漠。巴丹吉林沙漠。乌兰布和沙漠。格斯泰、浩乌阻力、沙尔布尔德、阿姆乌苏、公古赖、库列以祖、阿拉毛台山丹、卜勒其尔、雅干……这些地图上的名字……一路的漫漫黄沙……有时开车数日都见不到人影，仿佛进入亘古洪荒时期……是人烟稀少的荒漠地带……

浅黄色的延绵的沙丘。暗灰紫色的砾石滩。冒出星星点点的草丛其中若隐若现的些许点缀。单调的颜色延伸，一直到苍茫地平线的尽头。令人感觉困倦。天边偶尔会出现几座蔚蓝色的湖泊。或者是虚无缥缈的海上盛景。那只是大漠中的海市蜃楼。这亦是数万年前阿拉善高原上曾有巨大湖泊存在过的印证。

我已经和几个志同道合的朋友成立了NGO环保组织，筹募专项基金，用来帮助当地农人大面积种植林木和植被，沙蒿、白刺，以及梭梭林。

梭梭是最能抗旱的树木之一。是高大的灌木，树干可长到4米多高，根系深入地下，亦可达到9米左右。在撒哈拉沙漠，波斯湾，中亚腹地、塔克拉玛干大沙漠，亦可看到它的大片身影。梭梭上可以嫁接苁蓉，白刺上嫁接锁阳。苁蓉形似贲张的男性生殖器，与锁阳一样，亦都是名贵的中药材。

几年的努力，已经初见成效。眼前成片的梭梭树林。蓊蓊郁郁，繁密茂盛。是沙漠中的一小片绿洲。是绝境中的一道光明。

在清凉的林木间行走。月光透过树的缝隙洒落下来。脚下踩的是板结的土壤。月球上，环形山的轮廓阴影依稀可见。树林荫翳，遮挡了白日的热气。白天，无数的细小叶片内，数以千万计的细胞打开来，进行着光合作用。屏住呼吸，仿佛能听到汁液水分在树的体内汩汩奔腾涌动。空气中闻得到新鲜的水的清澈气息。地上铺满了颜色深深浅浅的青苔。各种高低错落的蕨类植物和十字花科、蔷

薇花科的植株出现，在远处的黑暗中盛开出硕大的白色花朵。昆虫的翅膀闪烁银色磷光。动物在林间悠闲行走。一切都不曾消失过。

天熙，梭梭是一种多么奇特的植物。必要的时候，它的叶子可以退化成为极小的绿色。落地的种子，一旦遇到适宜温度，在短短数小时内，即可发芽，成长，成为新的植株。

在半个多世纪以前，阿拉善高原上尚是广布着密集的梭梭林。从黄河边开始，浩浩荡荡，蔓延上千公里。瑞典探险家斯文赫定在1927年9月时，从阿拉善荒原上走过。他前往新疆，开始又一次深入亚洲腹地的探险。

直至上世纪40年代，高原上尚有20多万亩梭梭林，而现在，几乎荡然无存……在自己的疆域内，它们被驱逐，砍伐殆尽……

时光。时光。

天熙，到底如何才是生命存在的真

实状态？这是一直困扰我的问题。现在，答案如头顶的月光一般明朗清晰。星空的下面，是向着更远处延伸的沙漠。幽暗的光线。沙丘起伏，如同静谧的海浪。我想，暂时还不会回到城市里。我会留下来，在这里做一些更实际的事情。挖坑，植树，浇水……亲手种起一片属于自己的绿洲……

11 告别过去

凌晨三点半钟。他犹沉浸在睡梦中。山间潮湿多雨，大颗雨滴落在白色屋瓦和青翠树梢上。懵懵懂懂中，他似乎听到隐约的滴水声。噼里啪啦，清脆响亮。

天熙，起床了吗，做功课的时间到了。门外又传来一个声音，既真切又辽远。柔和，却又充满着某种力量。这是真实的。他猛然惊醒，一骨碌坐起身。他已经恢复清醒意识。便答道，是，我已经起来。片刻，门外的说话声不见了，只听到隐约的脚步声离开。房间内另一张床上，蓝犹自发出轻微的呼吸声。

室内恢复黑暗的寂静。是夏日的山间，因为较高海拔的缘故，依旧能感觉到微凉的寒意。

是他上山的第二个星期。这里虽然离繁华的都市只有百余公里不到，生活却是迥然不同。山峦起伏，层峦叠嶂，最高的山峰合欢山可达三千多米。密密麻麻种植着松树，柏树等树木。早晚间烟霞明灭，云雾蒸腾。山间溪水潺潺，涔涔作响，尤其在夜间，更是清晰可闻。附近的山脚下原本有两座隋唐时期的寺庙遗址，现在只剩了一道残损的石柱。一块破损的巨大碑刻，上面依旧有模糊的文字。十余年前，考古学家曾在寺庙遗址的下面，挖掘出两粒舍利子，轰动一时，引来无数人争相朝拜。甚至传闻彼时在夜空有明亮光环出现，呈现出曼陀罗花的优美形状。几番热闹过后，舍利子被移往他处，此地便再乏人问津，恢复了既有平静。

这座静修中心，正位于寂静群山的深处。正对着绿色大门的院子中间，是一座欧式风格的喷泉水池。泉水清洌，自生满藤萝的假山流泻。水池里养了红色锦鲤，色彩鲜明，身形优美。倘若有人靠近水池，它们便会成群结队，游弋而至，将头微微浮出水面。顷刻，再彼此簇拥着游往别处。

整座白色建筑物，是典型的东南亚风格，背靠着合欢山的一道山脊，掩映在绿树丛中。一个宽大的院子，遍种植株。梨树，蟠桃，海棠，杏树，山楂，李子树，各种果树皆是枝繁叶茂。尤其是其中的几棵梨树，虬枝嶙峋，生长更是已经超过了20年。果树开花的季节，便是一片花海。桃花，杏花，海棠花，繁密盛大，灿若锦缎，恍若置身太虚幻境。秋季的时候，果实累累，枝桠沉坠。少有人采摘，成熟的果子便噗噗自顾坠落到地面上。新鲜的水果亦可以采摘，成为佐餐的食物，或者贮存起来，做成各种果酱。

梨树下有秋千架，亦有雕刻着精美花纹的石桌，石椅。同样是圣洁的白色。可以在花园里漫步，亦可以坐在树下独自沉思，或者轻轻交谈。碎鹅卵石铺就的甬路将院子分割成不同的区域。每个区域里种着不同的花木，草本类植物与木本类植物混杂，凤仙，芍药，风信子，月季，蔷薇，甚至木芙蓉和玫瑰。细细观看，这些花木参差错落，疏密有致，形状各异，却都充满神韵，有着独一无二的美。

静修中心的围墙栏杆紧挨着一条夹杂山间的柏油路，只有当地山民偶尔静默经过。旁边是一座水库，名叫藏龙潭。清澈水面倒映着山光云色。水面上时有飞鸟掠过，然后消失在山谷间。平时，山上的人烟稀少。始终安静。这令它成为最适宜而近便的修行地。但并不为一般人所知。

他和蓝在山上已经居住了一段时间。

数日以来，他们学习与寂静相处，修习冥想，重新认识世界和自己的原本特性。感觉从前种种苦痛纠结，已经遥远。

他下床，摸索着开灯。注意到桌子上有几只死去的蛾子。他心里发出轻微喟叹。蓝。他边低低喊她的名字，边轻轻拍她裹在厚厚毯子里的身体。蓝醒过来，睁开眼睛。简单洗漱后，他们换上一身亚麻布料的白色袍子，轻轻推开门，走入山间的黑暗里。

雨依旧在下，只是变得细密了许多。苍茫群山陷落在巨大的黑暗里。他小心翼翼穿过花园的积水的小径。空气潮湿清新，他感觉到自己又清醒了许多。静修室的灯光微亮着，仿佛堕入黑暗的一粒星子。他脱掉脚上的鞋子，将它整齐地放在门口。蹑足走上楼梯。

已经有几个人先他们而到，坐在室内的一张白色羊毛毯上。几扇窗户微微敞开着，长长的白色蕾丝窗纱随风轻轻飘荡。天熙盘膝而坐。轻轻阖上了眼睛。耳畔响起舒缓空灵的音乐声。他随着引导词进入冥想。

每一个灵魂原本都是祥和，宁静，并且纯洁的。

我感到前所未有的平静安宁……身体与物质的负担渐渐消减，我现在感到变得很轻……我记得真正的我，觉察并关注真正的我……我是非物质的光……我是永恒的灵魂……我是精神能量的源头……我在思考、判断、行动、观察、记忆……思考……判断……行动……观察……记忆……我集中注意力去体察……我是生命能源的精纯火花……散发着光芒……

我聚精会神……于是我感到充满了力量……我变得很轻，漂浮着……我感到深深的内在的安详宁静……

现在，我收拢纷繁的思绪，深入到自我之中……我，这生命光能的小小火花，趋于内向……深度地反观内照，我发现了我原本的个性和品质……深深地潜入我心思波动的地下，我感受到自己处在完满的祥和与寂静之中……

我变得如此平静……我内心充满宁静祥和，因为我的本质就是宁静祥和的……我已成为纯洁和寂静的化身……

我现在聚集所有的精神能量，那能量幻化成光，散发出光芒……我感到我充满宁静与力量……我离开这物质的身体，轻轻上升……我到达天花板……我穿过屋顶……来到城市的上空……我很自由而且散发着无尽的光芒……我继续升腾，穿过大气层，进入到宇宙星空……我进入到了一个温暖的金红光世界……

这是我的家……这里充满了祥和、宁静……我沐浴在这光的海洋中……我再一次感到无比宁静……我的灵魂，在我自己的家中休息，在纯洁之中休息……我的家宽广无垠……我在灵光之中飞翔，无忧无虑……我沉醉在这甜蜜的宁静之中……

我离开这金红光的世界……穿越宇宙星空……来到地球上空……穿越大气层……回到城市上空……进入房间，再进入身体……仍然保持着那种宁静、超脱而充满力量的感觉……我回到这个物质世界……走上这人生的舞台……

OM SHANTI。每个人用这句咒语最后提醒自己。陆陆续续起身，静默着离开。

缓缓睁开眼，已是天色微明。晨光微熹中，传来深山里的第一声鸟鸣。愈加显得幽静。他朝蓝望去，她身上同样裹着白色的羊毛毯子，黑色长发披洒在肩上。蓝回过头来，对他会心一笑。她是他失而复得的珍宝，弥足珍贵。她的出现，令天熙这些年所受的苦，得到了部分的舒缓。

他知道，自己又将迎来新的一天。

山中时日。静好绵长。

两人都已经迅速接受并习惯了这种安静。并无任何不适。

两人亦是自然而然地融入静修中心。只是短短数日，却如生来属于此地。

凌晨三点半起床。静坐，冥想。这是瑜伽修行者的甘露时间，弥足珍贵。

静坐之后自由活动，然后吃早餐。餐厅在静修中心的一楼大

厅。白色地板，墙壁亦是粉白。显得无比清凉。其中的一面墙上挂了一幅横幅卷轴，画面是大片弥散的靛蓝色，天光，水色，静谧盛开的蓝色莲花。意境幽远空灵。餐厅开阔敞亮，落地玻璃窗对着花园。可以看到起伏的青山。晴天时，阳光便寂寂洒落。听闻树间鸟雀啾啾。十余张木制的长条桌子，齐整摆放。早餐通常是麦片粥，或者紫米粥加面包片，一份当季水果。包括鲜红的樱桃，切成薄片的香瓜和西红柿。一份酸牛奶。异常简单。窗台上的玻璃花瓶里插着从山上采摘下来的各种花枝，长长的枝条，开出黄色与红色相间的花朵。

饭后可以各自活动，在花园中散步，或者讨论问题。然后，继续回静坐室冥想。一楼的楼梯转弯处有一间小的静坐室，两人也会去那里片刻静坐。午餐通常较为丰盛。紫菜汤，白米饭，青菜团子，凉拌木耳，蒸南瓜或者红薯，炒菠菜粉丝，小咸菜。极清淡的食物，完全素食，没有任何荤菜。使用植物油，亦没有任何葱、姜、蒜等调味品。搭配主餐的，往往是一只苹果，或是几只紫红色的李子。城市里亦有名目繁多的素食馆，但多半是打着素食的幌子，价格非但昂贵，更将素食食材做成荤菜的味道，只为牟求利润或讨取猎奇者的欢心。

下午的时间安排基本亦是如此。稍事午休，冥想，晚餐。9点半左右即各自休息。当有其他的国外资深修行者到来，分享修行心得，来到山上参加静修学习的人数便会陡然增加。这些资深修行者决非等闲之辈。其中不乏联合国卫生组织的健康顾问，或者是为世界500强企业高管做培训的商界杰出人士。他们已经领悟到瑜伽的真谛，并且皆在世俗生活与灵性修炼中达到平衡。他们已经可以更好地享受生命，享受生活。每逢这时，穿着白色衣袍的身影，便会多起来。但同样会保持着一贯的安静，绝无人声鼎沸。身穿白袍是一种仪式，双手接过别人递过来的东西时要与对方做眼神的接触，并且需要停留数秒，吃饭前的默默祷告与冥想完毕的持咒亦是一种仪式。仪式带来约束感，以增强人们的自制，培养对内在神灵的谦卑与敬畏心，亦令人的心灵纯洁，获得安宁与归属，获得快乐与力量。

蓝对她说，修行者一直存在。喜马拉雅山的冰天雪地，泰国南部的浓密森林，终南山与青城山不为人知晓的深山洞穴中，或者云雾缭绕处。这些修行者拥有不同的信仰，却都秉持同样笃定的信念。他们深居简出，生活简朴，注重内在灵性的提升，罕与外界往来。现在，天熙和蓝亦在这种宁静中体会当下的生命。没有电脑，没有网络，没有电视，手机始终处于关机状态。每天只讲很少的话。几乎与世隔绝。

午后，他独自一人在花园里散步。天空阴沉，山峰之上堆满铁青色的乌云。一场雷雨即将来袭。他低下头去，为小径上一大群蚂蚁所吸引。数百只蚂蚁，急匆匆地来回逡巡。从一处跑到另一处，又急着折回来，如是往复。他从这数百只蚂蚁当中，看到了自己从前的繁碌奔波的身影。恍然大悟。他的内心充盈着某种喜悦。如同植物萌生新芽。静坐冥想时，虽则他的思绪依旧如波涛汹涌，乱云堆叠，但他的真正天性是静默与宁静祥和。自己终究会到达，会超越。

眼前，一枚树叶缓缓飘落。在空中飞舞，盘旋。许久，方落在蜿蜒曲折的石子路上。天熙感觉到无限的平静。刹那平静，仿佛永恒。

OM SHANTI。

越南星空下

一个人到了30岁，要把全部的时间用来觉悟。

旅行，是让你重新找到自己的最好方式。

文字如清寂空中飘着大朵白色云彩。仿佛白色桃花绵延不绝盛开。
万千星光，宛若细碎水晶，密布夜空。阅读这样的文字，感觉大千世界，一片银色静寂。

HERBALIFE

心有不甘的追寻，却似盲目挣扎，
不知道究竟在追寻什么。
生是颠簸流离之途，
有时道路看似通达，
予人选择的余地实则不多。

……

……

……

人生无所不在的苦，可以激励我们从事精神上的转化。
每一种痛苦、悲伤、损失和无止境的挫折，
都有它真实而戏剧性的目的：
唤醒我们，促使我们冲破轮回，
从而释放被禁锢的光芒。

话一出口，便执言忘义，失去了它应有的重量。
世间情意，原本稀薄微凉。倒不如自行珍藏，让它宁寂清虚，和光同尘。

旅行让人上瘾。欲罢不能。

SAMSUNG
TIẾN
Vân
Castrol
Sửa xe Cường
HOÀNG LONG
TIẾN
PHỞ BÒ

背影寂寥，
是世情看透的释然。
独握一份他人无法伸手触及的孤独，
只求得内心一分自在自得。
穿透世俗藩篱，
直将自己活成一匹灿烂锦缎。
兀自灼灼其华。

只要能够日日自持，
控制欲望，
善良而不贪婪，
都将是一种积极的人生态度。

生命有时如乱云堆叠，起伏缭绕，浩浩荡荡。
波涛汹涌如大海，瞬间又变化莫测。不取于相，如如不动。
一切有为法，如梦幻泡影。如露亦如电。应作如是观。

寻找世界上另一个我